旧 雨

张羊羊

著

江苏凤凰文艺出版社

图书在版编目（CIP）数据

旧雨 / 张羊羊著. —南京：江苏凤凰文艺出版社，2021.7
ISBN 978-7-5594-5375-4

Ⅰ.①旧… Ⅱ.①张… Ⅲ.①散文集-中国-当代
Ⅳ.①I267

中国版本图书馆CIP数据核字（2020）第216660号

旧雨

张羊羊　著

出 版 人	张在健
责任编辑	李　黎　曹　波
责任印制	刘　巍
出版发行	江苏凤凰文艺出版社
	南京市中央路165号，邮编：210009
网　　址	http://www.jswenyi.com
印　　刷	苏州市越洋印刷有限公司
开　　本	880毫米×1230毫米　1/32
印　　张	7.625
字　　数	150千字
版　　次	2021年7月第1版
印　　次	2021年7月第1次印刷
书　　号	ISBN 978-7-5594-5375-4
定　　价	48.00元

江苏凤凰文艺版图书凡印刷、装订错误，可向出版社调换，联系电话 025-83280257

序
夏坚勇

张生,阳湖人,有才华,在南大作家班修炼时,追外语系一美女,双方均属羊,生遂以羊羊为笔名,寓二羊长相知、长相守也。从此,文学江湖上遂有操双股剑之白袍小将张羊羊。双股剑者,诗歌、散文也。

张羊羊身边的那只"羊",我见过几次,印象很贤妻良母,但不知芳名。现在知道了,因为读了这本题为《旧雨》的散文集,从其中一篇文章的字里行间,知道她叫孙婷。从另外一些篇章中,我还知道了他儿子、母亲、奶奶的名字,以及他那个酒量甚好的女同学的名字,知道了他个人生命史的大体脉络。当然,读一个人的散文,并不是为了探究他的家世和交游。如果确有探究之必要,那也是若干年以后的事,到那时,如果有一门被称为"张学"或"新公羊学"的显学,学者们自会争先恐后地拿着放大镜来数他有几根白头发。眼下还用不着。

眼下我读《旧雨》,最大的收获就是常常有灵感的萌动。这就好比一个食客,吃着吃着就有了自己下厨的欲望。这不是说自己比厨师的手艺好，而是因为就这些很普通也很熟悉的食材，自己却从来不曾做出过这么好的味道。这说的是做菜，再说文章。《旧雨》每每触发了我心底那份旧日的乡村情感，但偏偏自己又从来不曾这样表达过。这大概就是所谓"人人心中所有，人人笔下所无"吧。说"人人"可能绝对了，应该说"很多人"，我就是"很多人"中的一个。以我的阅读经验，这是好文章的一个重要标志。

张羊羊也算少年得志，早在中学时就有作品发表。这种才气型的作家往往喜欢炫示华彩，但他却钟情于故乡炊烟下的家常味道。据说沈从文晚年喜欢用"家常"二字来评价作品，认为那是一种很高的境界。《旧雨》虽说不上一顾倾城再顾倾国，却蕴藉、温存，流溢着清新质朴的诗意。一个作家即使著作等身，即使写到三百岁，写来写去，还是走不出童年的那个村庄，因为那里是你灵魂的底色和归属。旧雨者，老朋友也。全书凡六辑，曰植物，曰动物，曰人物，曰食物，曰旧物，曰风物。此六物，皆老朋友也。我亦农家子弟，读这些篇章最能心领神会，亦钦羡于作者笔力抵达的深度和写作态度之真诚。书中所呈示的现场感、民间性以及对个体价值的尊重和体恤，每每令我心折，亦每每勾起我的几缕乡愁。例如读《猎人》，一边便想到老家旧时的类似场景。在冬日的旷野上，偶尔也见过那些捕猎野味的汉子，他们一行十数人，带着土狗、鱼网和长竹竿，前呼后拥，浩浩荡荡（本来够不上这个词，但因为后面跟着的围观者，顿成浩荡之势）。但是说实话，我从来不曾看到他们有所收获，哪怕是老鼠大的一只猎物也不曾得手过。公社化以后的农村，经过大规模的土地平整，野生动物的生存空间已荡然无存，见到一只黄鼠狼不啻见到一只大熊猫，哪里还有猎人的用武之地？那些猎人其实也不在乎收获，他们在乎的只是冬闲季节的一次放纵和娱乐，就像苏东坡在密州"左牵黄右擎苍"那样。

而在读《徽子》一文时，我甚至产生了某种窥视欲。起初是惊艳于文章最后孩子留在书页上"油腻腻的小指纹"那样精妙的细节。后来一想，这是不是作者由灵感到诉诸表达的操作技法呢？作者或许是先从陆放翁的诗中得到了"寒具手"（会弄脏书画的手印）的灵感，然后设计出孩子一边吃饭一边翻书的场面，再辅以上文中已然铺垫过的"一根一根掰着吃"以及作者饱含人生况味的心理活动，整个场面就不仅气韵生动，而且极富于层次感。这样的推测有点刻舟求剑的味道，很可能不靠谱，但其中至少暗示了关于散文写作中如何张扬主体想象力的某种可能。文章是需要设计的，这就是匠心。在我看来，所谓设计感在大多数情况下并不是一个贬义词。

还有一篇题为《米酒》的文章，从那里我知道了"青州从事"不是官职，而是好酒的隐称。张羊羊善饮，这是大家都知道的。此前有人说过，写张羊羊而不写酒几乎是不可能的。但我在动笔之前就决定不写酒，因为我的酒瘾和酒量都达不到他那个级别,不够资格。那就打住吧。

但既然已经说到了酒,我还要再说一句:

《旧雨》是一坛风味醇厚的阳湖双套酒。

"双套酒"这个词带有手工意味。好的文章——特别是散文——原本就该是一种手工产物。

是为序。

目 录

001　辑甲：植物

041　辑乙：动物

081　辑丙：人物

113　辑丁：食物

151　辑戊：旧物

189　辑己：风物

231　后记

一捧旧雨，一缕古韵，这是游走于柴米与书卷之间的江南笔墨。

　　诗意生活的情调，关怀万物的情意，心系田野的情怀——藏身于内敛与克制之中，万物皆在笔下各得其所。

辑甲：植物

茨　菰[①]

　　汪曾祺回忆的那碗咸菜茨菰汤，读起来年代的清苦味十足，若把那两片茨菰撇掉，对我而言倒也是美味。我的饮食观，简单清爽即好。再说，咸菜和茨菰放一起，本来就有点不搭。要说相配的话，还是他师母张兆和炒的一盘茨菰肉片，因为搭了，沈从文先生一筷子下去，两片茨菰入嘴，才会说："这个好！格比土豆高。"

　　那是什么年头啊，肉的"格"本身就比咸菜高，要是来碗咸菜土豆汤比较一下，茨菰的格也高不到哪儿去了。那时候的猪比现在生活得快乐，伙食里也没有加"瘦肉精"，该长膘的地方就长膘。茨菰外相胖嘟嘟的，性格极瘦，要脂膏厚重的东西来"喂"。所以搭得好，格就出来了。何况，如果我也有个才貌如张兆和的师母，眼前是她炒的一道茨菰肉片，不吃，也觉得格很高。

　　有年去溱湖湿地，只是一个从小生活在水乡的人长大了去另一个离我不远的水乡看看，没什么新鲜的事。水，差不多还是那个样子，如果没有那组使用化学手段测试的数据，你不会有所紧张的。水，总是送你松软的感觉。湿地里有许多无公害绿色蔬菜的实验田，割成茨菰的那一小块地，插了块木质标牌，除非我这种一眼就能看出茨菰容貌的，那木牌还是有点作用的，像一个人的简历。你哪个村的它哪个科属的,你有什么小名它有什么别名。木牌上刻了首诗:茨菰叶烂别西湾,莲子花开犹未还。妾梦不离江水上,人传郎在凤凰山。

这诗我很陌生,用于此也不知有何特别的用意。落款却是张潮《江南行》。张潮是我喜欢的少数人物之一,一本《幽梦影》翻了很多年很多遍了,越读越有味,越读也越落寞,同一个姓氏,完全不同的两个皇朝的世界。这首写茨菰的《江南行》一点读不出张潮的味道,忧伤多了,还有扑鼻的女人的气味。不管怎么说,我还是想不通木牌上选这首诗的用意。换作我,再没有比当年杨士奇那一幅湖面上更纯美的"画"了:岸蓼疏红水荇青,茨菰花白小如萍。双鬟短袖惭人见,背立船头自采菱。层层叠叠的美,让我觉得引一下都会惬意又羞愧。有这么一首,茨菰都不想再有人来用书写的方式打扰它宁静的生活了。

不过,张潮的《江南行》还是让我耿耿于怀,江南走一走就这点收获?江南走一走就有这么多的哀愁?莫非是另一个张潮?遂翻《全唐诗》,果然。这个张潮住在离我老家不远的丹阳,甚至名字都不能确定了,有时候也叫张朝,就像水乡如今连水也丢了。

我特别喜欢苏童的一个短篇,读了不下十遍:"姑妈走到厨房边,正要去抓米给鸡吃,看见天井里坐着一个穿桃红色衬衣的陌生姑娘,正在用瓷片刮茨菰……"那个刮茨菰的姑娘就是农村换婚悲剧中服农药自杀的彩袖:一个喜欢听公鸡打鸣胜过被宰杀吃掉的善良姑娘。苏童笔下的茨菰仿佛刚出生的男娃娃,他写他姐姐看见巩爱华的奶奶也在厨房里刮茨菰并一眼认出那是来自顾庄的茨菰:"胖胖的,圆圆的,尾巴是粉红色的。"

这样一个故事,用了《茨菰》做题目,有点耐人寻味。说不出为什么,我生命中也有类似彩袖这样的人物,忘记后就再没有想起来,于是又特别喜欢小说结尾中淡淡的忧伤味,甚至有了爱如己出的感觉。"于是我也想起了彩袖,不知为什么,想起彩袖我就想起了茨菰,小时候我不爱吃茨菰,但茨菰烧肉我爱吃,现在人到中年,我不吃茨菰,茨菰烧肉也不吃了。"

我还未到中年,看到茨菰已有不知如何言说之味,内心虽还有徐渭"燕尾茨菰箭,柳叶梨花枪"的侠客之情,眼前却老闪现出一张压在玻璃台下的褪色的照片,或者黄昏里一支两节电池装的手电筒的微弱光束。可这些,与写茨菰又有什么关系呢?

幼儿园的老师倒是布置了一个很好的功课,让我教孩子去认识"秋天的农作物"。买回的毛豆炒菜了,山芋煮粥了,荸荠当水果吃了……唯有一把茨菰,既没有切片烧咸菜汤,也没有烧肉。我只是静静地看看它们,多安静的孩子:胖胖的,圆圆的,尾巴是粉红色的。

[注] ①同"慈姑"。

青　菜

青菜是故乡写给我的第一封信。

这信读来怀有柔软的忧伤。像极清明前的刀鱼，那鱼刺虽可以下咽，下咽时却挠了挠喉咙，痒痒的。我的房间有幅小尺水墨，这画画的人还算高明，虽比不上白石老人的雅趣，那几笔淡墨却还能让人感受到小家碧玉的骨感（我一直觉得青菜是有骨头的）。想起风轻云淡的日子，故乡的田野像一张印有清新底纹的稿纸，一垄一垄的平整底线，让一个孩子的笔迹那么整齐。我写着青菜、青菜、青菜，偶尔一朵野花就成了标点。

再次想起青菜的时候，我们都在聊着她。有的人叫白菜，有的人叫油菜，还有的人叫牛菜。我最不明白北方人为何叫青菜为白菜，我见北方的白菜，叶为淡翠色、茎为白玉色，我们南方喊黄芽菜。后来方知白菜有大白菜和小白菜之分，北方人称青菜为小白菜，大白菜就是可做韩国泡菜的那种。我喜欢青菜一直那么青着。我认识不少叫小青的人，以前觉得小青这样的名字很普通，现在觉得小情趣里有大意境。就像诗人大草的一句诗"白菜顶着雪"，这就是大意境。青菜长大了也会开花，那花也很好看。我不吃开了花的青菜，因为我不吃花。想到有人用茉莉花沏茶、用栀子花炒菜，一沏一炒真有点水深火热，就没了兴致。

以前我把茄子叫作米饭的情人，再想想米饭和青菜更门当户对。可以毫不夸张地说，它配得上"南方第一蔬"这个称号。所有南方人的记忆里，都有它的倩影，它是南方妈妈平生做得最多的菜。我说不上是苦孩子出身，但二十世纪八十年代的饭桌上不可能天天鱼肉。小时候放学回家盛好米饭一看桌子，免不了嘟哝一句"又是萝卜青菜"，可不管你愿不愿意，青菜几乎是常有的。倒是秋冬之际，有一种大头青，虽然矮墩墩、胖乎乎的模样有些像"愣头青"，但经过霜打后，稍微多煮一会儿就能吃出肉的味道。"一庭春雨瓢儿菜，满架秋风扁豆花。"郑板桥吃的瓢儿菜就是这种大头青。我还喜欢青菜配脂油渣炒。青菜油亮油亮的，渗透了猪油的香。

宋人朱敦儒有"自种畦中白菜，腌成瓮里黄齑"。南方人以米饭与粥为主食，青菜下饭，咸菜就粥（虽然我后来也喜欢吃点辣，但只是偶尔，如果连续吃几餐，就很不舒适。我的肠胃已经习惯了稻米和清淡的苏锡菜）。由于那个年月冬季蔬菜的匮乏，每逢腌菜之时就准备越冬了。南方人腌菜，一取大青菜，一取雪里蕻。在陶缸内铺层青菜撒层粗盐，盐放多少，看主妇的分寸，小孩子洗干净脚踩在青菜上将它一层层踏透，最后加一块石头压实，经过十多天的浸渍，就可取食。如今在餐桌上，期待一道青菜的到来是那么漫长，它不再委屈于我儿时的埋怨，而是于山珍海味间重返了"江南第一蔬"的地位。我周围的人，还老是对我好奇，为何最爱喝的汤是咸菜汤。

你我的居所，早已相邻种着蔬菜的大棚。曾经各在天南地北，吃不同的五谷杂粮，现在仿佛只住在一个叫城市的地方，喝同一杯牛奶。我的房间里常年摆着一盘水果，偶尔发呆望着它们时突然惊觉到一种妖娆，它们仿佛不是水果本身，而是一些伪劣的花瓶。草莓、香蕉、芒果、西瓜、蜜橘、甜橙……它们同时出场，就像新疆挨着广东，就像春分挨着秋分，版图和季节显得有点凌乱。在这个农业智慧泛滥的年代，我再没有等候时令的热情，比如对我来说，春天是韭菜炒竹笋的清新之气，初夏的明媚在于红草莓的香甜之感。

当那些美丽的昆虫仅因最低的生存之需被类而分之为益虫与害虫的生命形式时，我对这个家园充满了不安全感。我信任那些被虫子噬咬过的青菜，与卑劣的农药无关。农药，源于人类的仇恨情绪与不自信，为了对付小小的昆虫，他们绞尽脑汁搭起了"积木"，这积木一旦坍塌，会压死搭积木的人（在核爆炸中所释放的锶90，会随着雨水和飘尘争先恐后地降落到地面，停驻在土壤里，然后进入其生长的草、谷物或小麦里，并不断进入到人类的骨头里，而且将一直保留在那儿，直到完全衰亡。同样的，被撒向农田、森林和菜园里的化学药品也长期地存在于土壤里，然后进入生物的组织中，并在一个引起中毒和死亡的环链中不断传递迁移（蕾切尔·卡逊《寂静的春天》）。我为什么在写一棵青菜的时候，记录一段如此惊心动魄的沉重文字？我想，如果能遇到一位守旧而憨厚的农民，一瞥间他沉甸甸的担子里是那亲切的大头青，我会被一棵进城的餐霜饮露的青菜的内心打倒。

　　青菜是故乡写给我的第一封信。我炒青菜，从不用刀将它切段，而是一叶一叶地掰开，那是一句句耐读的信。暇间还可想想故乡那一畦畦惹人喜爱的碧绿，想起母亲们在筛子里和竹竿上铺放、晾晒青菜的状景，那里有她们勤俭的一生和储备的忧患……而此刻，还未学会发音的孩子，听我喊到青菜，他竟也能对着墙壁上《幼儿识水果蔬菜图》的二十种图片，欢跃地用小手准确地拍了两拍。

韭 菜

如果我写一本书《草木来信》，都是关于故乡的花花草草瓜果蔬菜，如果没有写到韭菜，如果我的祖母和母亲都有足够的阅读能力，我想，她们会轻微地数落我几句的。如果我开始写韭菜，并写下这么短短几行"我去吃烧烤，三五串韭菜是必不可少的。儿时祖母或母亲翻炒的碧嫩韭菜，躺在炭火旺蹿的铁丝网上也能闪出醉人的油亮，再撒上一些椒盐、辣椒粉和孜然调味，居然拧出了一股奇妙的好味道"后，她们是否会感到惊讶呢？

我能确定的是，祖母和母亲至今没有吃过烤韭菜，或许她们都不愿意理解韭菜会有这样的吃法——你让江南纤巧的小姑娘在春天穿了北方大汉的皮袄子，看着心里就疙瘩。

春韭秋菘，对于祖先的味觉记忆，我觉得一点也不要质疑。当年文惠太子问周颙，菜食何味最胜？周颙答，春初早韭，秋末晚菘。因为有先人说了，所以有人记载了，才有后人不断地记住了。一个多么可贵的事实，早春的韭菜和霜降后的大头青，贴合时令，亦受天地宠爱于一身，难道还不味美？一撮韭菜，一棵青菜，一部饮食的春秋。于是我太想有个菜园子，因为我认识很多种子。

若说春菘秋韭，吃惯了也差不多了。后人中的一些，把韭和菾往锅里一起炒,加点物理和化学的佐料,再加点春、秋用反了的季节配料,吃得人都差点擦掉了祖先的味觉记忆。不知花了多少年,也不知死去了多少先祖,才留下那些长着健康脸庞的五谷杂粮。以前的蔬菜不仅可以当好蔬菜吃,还可以当好药吃,比如这韭菜,又叫"壮阳草""洗肠草";而今的蔬菜只能当蔬菜吃,还得无奈地积存点"隐患"。所以,春韭秋菾的美好往事,只在少数如祖母般年龄的老人门前的三分自留地里循环着,也差不多到了吹灯拔蜡的境地。所谓的有机绿色无公害食品,不过是给少数人有机会活得更好些。

触露不掏葵,日中不剪韭。祖辈们耗费了漫长的时光,才大抵摸透了植物的生长习性,并给予我们几句柔软的家训。"夜雨剪春韭,新炊间黄粱。"当年杜甫和卫八重逢,酒喝了不少,估计是自家酿的杜酒。家常便饭,即使吃的是午饭,也只能去剪把韭菜了。虽说没有佳肴,人生感慨多了,情谊自然也深得很。在我老家,韭菜割后,会盖点灶膛里扒出的草木灰,再浇上水以便很快萌发新芽。不知彼时彼地卫八的家乡有没有这种农事习惯。

韭花我没吃过,所有的菜花我都不吃。杨凝式午睡醒来,腹中饥饿,恰好有人相赠韭花,看来他口味很重,居然觉得韭薹也可口。读了他写下的日记《韭花帖》才知道,好吃是因为就着羊肉吃:"昼寝乍兴,輖饥正甚,忽蒙简翰,猥赐盘飧。当一叶报秋之初,乃韭花逞味之始。助其肥羜,实谓珍羞,充腹之馀，铭肌载切。"可以说比杜甫那顿吃得好，但是也可以说没杜甫口福好，韭菜韭菜，还是春韭最美。我的奶奶八十多岁了，除了春天她种不出韭菜，我吃了三十多年她种的韭菜，味道就是好。

杨凝式的字倒写得比韭花葱灵，还似几簇孩童时代的韭菜在斜风细雨里的天真，有好心情在跳跃，成了妙然天成的佳作流传下来，有人评价"啐啄"（想起翟业军兄寄来的新著，书名有些老派文人的味道：《春韭集》。不明其意，翻后记，大抵符合了我的猜测，也提到了杜甫的"夜雨剪春韭"，不过他固执地认定这句诗不是指有朋自远方来便冒着夜雨剪些春韭来做下酒菜，而是夜雨剪出了春韭，春韭的纤长、脆弱也只能由夜雨剪出。我说的是黄粱与春韭的日常生活，他说的是内心物我之化，这原本就不是要争论的事。巧的是，他也提到了"啐啄之情"）。

啐啄应同时。小鸡在蛋壳里啐，鸡妈妈在壳外啄，生命就诞生在那不早不晚的一刻。眼一睁开，春天来了！韭菜又嫩绿了！有时候我很想变成一只蚂蚁，穿过那一片高大的绿色的森林。

燕　笋

竹子长大了可以做鱼竿，编篱笆，妈妈们还用它们来晒衣裳。竹子小的时候，叫笋芽儿，很嫩，很好吃。那一抹淡紫透了出来，缀了细小的露水，泥土仿佛有了眼睛。

"燕笋出时斑豹美，凤花开处杜鹃啼。"我没见过斑豹，那当是很美的样子，反过来想，它就穿着燕笋那样的衣裳。

韭菜也慢慢葱郁。

韭菜与笋，都抖落着土粒，却无丝毫浊气。

那么好的笋，那么好的韭菜，炒在一起，给了我一段过去了很久的忧伤的好时光。八岁的孩子快有一米二的个头，他在写第一篇作文《我的爸爸》：我的爸爸喜欢做饭，他做的菜，色、香、味俱全。

我读了，有点捉襟见肘，刀板上没有几支十几二十厘米长的燕笋，还谈什么做拿手好菜呢？

冬笋吃了很长一季，有时炒雪菜，有时炖排骨，有时煨老母鸡。燕子回来了，也到了吃燕笋的时节，可我四处找不到一片小竹林。

平原上的燕笋秀气，长着南方水乡的小性子，剥完笋壳后肌肤细腻，嫩绿嫩绿的。不像那些毛笋、山笋，切片后得用水焯一下，才能去除涩味。小燕笋还没入口，单是看几眼，就有

"秀色可餐"的美感。

我和那个宁愿没有肉吃也不能居所无几枝竹的人不同,我可以不吃肉,有没有竹子在屋旁也无所谓。那几棵燕笋的小身体,好似在馋人,像奶奶做的"亮月饼",总给我几分念想。

人有念想,好像能多留住一丁点故乡。张季鹰想的是莼菜和鲈鱼,黄景仁想的是燕笋和刀鱼,都是一道素菜一道荤菜,但俗气点比一比,黄景仁的念想要比张季鹰的名贵一点,刀鱼的口感也不是鲈鱼可以相提并论的。黄景仁与我同乡,我也更能觉知他那"江乡风味,渐燕笋登盘,刀鱼上筯,忆著已心醉"的情感。

燕笋出土季节,除了刀鱼,还有一种被食客们反复念及、咂嘴的鱼,它叫河豚。所以我们那儿有一道菜,名为"燕笋河豚"。如果这道菜里用毛笋替代燕笋,怕是要糟蹋了河豚。当然,我对河豚没什么兴趣,河豚汤汁里的金花菜味道极佳,若换上燕笋,则更是妙不可言了。

黄景仁送别万季维归宜兴时,曾赋诗"语我家山味可夸,燕来新笋雨前茶",又提到了燕笋。和笋并列的,则也是我一生爱好的东西。有时想想也挺感动的,我出生的地方,有这么多美好的事物关照着我们的口舌。

有一年我在浙江长兴喝到一种茶,那鲜茶芽叶微紫,嫩叶背卷似笋壳,所以取名"紫笋茶"。初听,像是把我的两种心爱之物合并到了一起,一口吞咽下去,幸福得简直有点眩晕。

但紫笋茶是茶,没有笋的味道。

写燕笋不想写长,春天眨眼间过去了一半,不知道今年还能不能吃到燕笋。

蘑　菇

　　三十多年前中国东部的一个小村子里，雨过天晴。一棵朴树的树根周围，一把把褐黄色的小伞冒了出来。一只母鸡领了几只小鸡转悠到这里，它们从松软的泥土中左掀右翻，得到了美味的细长的红蚯蚓。它们的喙不小心啄破了那些小伞。一个孩子过来哄走了它们，之后蹲下来会心地笑了。他喜欢这种伞的结构，他的手欲伸又缩了回来，"别去摘这些东西，有毒"，他记得大人的话。他盯了一会儿，又走了……他特别想遇见一种白蘑菇。

　　"有蘑菇吗？"

　　"有毛头乳菌，松乳菌，牛肝菌。"

　　"白蘑菇呢？"

　　"也有白蘑菇，只是眼下天冷了，白蘑菇都搬到枞树底下去了。白桦树下面你找也用不着找——都在枞树底下哩。"

　　"它们怎么能搬家呢？你什么时候看到过蘑菇走路啊？"

　　护林员的女儿慌了，对普里什文做了个狡黠的鬼脸，说："它们是在夜里走路的啊，我怎么能在夜里看到它们呢？这是谁也看不见的。"

　　多可爱的小姑娘啊。她的苏联话听起来和中国话差不多，所有孩子淘气的鬼脸都像一朵洁白的蘑菇。

有意思的是，近来读了两本书，都写到了蘑菇。蘑菇于我，暗示了一种喜悦的样子。第一本却完全不是。

张炜的《蘑菇七种》这样结尾：又是一个黄昏。宝物蹿跳在水汽淋漓的林子里，一眼看到了小六的坟尖：一簇簇蘑菇顶伞鼓出新土，被夕阳映得金光灿烂。它有些恐惧地闭了眼睛，轻轻地绕过去。当蘑菇味儿渐渐淡了时，它才重新奔跑起来。暮色苍茫，树影如山。宝物出巡了……

宝物是条丑陋的野性难驯的雄狗。我从未见过如此"邪恶"的狗，它以为自己是这片林子里的老大，就连一只老獾领着一只小獾大模大样地从它面前走过，它都觉得受到了巨大的藐视。有次它趁小獾独自啃食大獾留下来的碎肉时，就把小獾赶到一边去，将三个最毒的蘑菇搓成泥汁撒在碎肉上，躲起来看着小獾吃掉了。小獾抿着嘴，它乐坏了，跳出来告诉小獾：你是必死的。当然，从此这个林子里再也没有出现这只小獾。

写得有点像寓言，可我从来没有见过如此"邪恶"的狗。

蘑菇还长在坟尖，那真不是个好地方，像坟上又堆了一个个小坟。

那里的蘑菇不可爱，它们奇奇怪怪的脸布满死亡的气息。宝物看见女书记把几棵花顶毒蘑菇揣进了衣兜。那个驻村干部中的公社女书记另有了新欢，为达到长期鬼混的目的，她用一种叫"长蛇头"的毒蘑菇毒杀亲夫，恐其不死，数量过倍，先搓成碎屑，再拌以黄酒，煮汤加肉加蛋花加葱白，使其鲜味扑鼻。

多好的蘑菇啊,"精心"地做成了这样一碗热汤,却比匕首还冷,看了就不寒而栗。

另一篇是汪曾祺的《黄油烙饼》:蘑菇是好吃的。爸爸去年冬天回来看萧胜和奶奶,带回来半麻袋土豆,一串口蘑,还有两瓶黄油。土豆是他分的,口蘑是他自己采、自己晾的,黄油是"走后门"搞来的。黄油营养好可以抹饼子吃,土豆可蒸、煮、烤了吃,口蘑过年时打了一次卤。后来奶奶死了,萧胜去了爸爸那里,学会了采蘑菇。下了雨,太阳一晒,空气潮乎乎的,闷闷的,蘑菇就出来了。

这里的蘑菇就会让我感到喜悦:草地上远远的有一圈草,颜色特别深,黑绿黑绿的,隐隐约约看到几个白点,那就是蘑菇圈,滴溜圆,蘑菇就长在这一圈深颜色的草里。有一个蘑菇圈发了疯,它不停地长蘑菇,呼呼地长,三天三夜一个劲地长……我读了真想挽个竹篮跳进这几行文字里,抢着采蘑菇,我也想用线穿起来,挂在房檐下,挺老长的三四串。可我和萧胜不同,他一边用线穿蘑菇,一边哭了,他奶奶是慢慢饿死的,他要给奶奶送两串蘑菇去。

我仿佛把篮子放了下来,不忍心再与萧胜抢摘蘑菇了。

人民公社时代,蘑菇可以杀人,也可以救人。杀人的花顶蘑菇有点冷艳,救人的口蘑十分朴实。

想起小时候的蘑菇罐头来。撬开铁皮盖,一朵朵半熟的奶黄色蘑菇像一块块寿山石，温润得很。我一直觉得那时的蘑菇是最好吃的蘑菇，只有过节时才舍得买。蘑菇切片，可以炒韭菜，也可以炒莴苣，反正菜色特别清爽。东北人用小鸡炖蘑菇，我们那儿没有这样的做法。

我们那儿也不产蘑菇，偶尔见一棵腐树的枝干上长了木耳或蘑菇，有人会欣喜地摘下来，但从来没有人会做菜吃。"可能有毒"提醒平原上的人不要为了口舌之欲去做没把握的事，何况我出生的年月早已不是萧胜所处的时代。

我只是想说，每个孩子心里都有一片森林，森林里长满了雪白雪白的蘑菇，孩子们的胳膊上都挽有一个小篮子，也都有一颗采蘑菇的心。

无论是《蘑菇七种》的悲，还是《黄油烙饼》的苦，蘑菇依然长了一个关于童年的梦。蘑菇于我，几乎等同于一种喜悦的样子。所以，每当吃到平菇、猴头菇、草菇、香菇、金针菇……各种各样的新鲜菇类时，我都不觉得那是在吃蘑菇。蘑菇在我心里只长了一种样子，也只有水彩蜡笔可以画出来：伞一样的帽子下面，白白的粗脖子，是我可以变成小矮人与昆虫一道去住的房子。

这种蘑菇就是萧胜采的口蘑，内蒙古草原上多，说是一般生长在有羊骨或羊粪的地方。我还琢磨着，怎么《诗经》那灵巧的手指漫山遍野地"采蘩""采蘋""采葛""采苓""采薇""采苢""采菽"……为何不来个心动的"采菇"？其时，内蒙古草原尚不在可采的版图。我喜爱的写菜蔬的范成大、陆游也没在诗里写过蘑菇。杨万里倒是有首《蕈子》，却没什么动人之句，真不如"小荷尖尖与蜻蜓"的画面。

萧胜是不是就在内蒙古草原上看到了那么神奇迷人的蘑菇圈呢？我没去过内蒙古草原，所以特别想去看看。

草　莓

　　如果有一天，有一位腼腆的老男孩趴在白花盛放的垄间，侧身俯首欲将田野里第一颗微红的草莓纳入嘴中，他的牙齿正轻轻截断那根细绿的"脐带"。被亮晶晶的露珠洗净的草莓，在舌尖扬起一丝香甜的风，汁水也咯咯地笑成了小溪流。他满足地躺着看了一会儿天，然后起身，环顾一下四周，生怕被人发觉他已偷偷装下了第一个夏天……那个老男孩应该是我吧。许多个梦里，我曾住在一颗房子般硕大的草莓里，吃了很久才打开一扇窗户……

　　从冬天一醒来，发现初夏已躺在我的身边，我想念草莓的味道了。这是一个想念变得简短又轻飘飘的年代，不远处的水果铺，草莓早爬了起来睡眼惺忪地坐在那儿。食欲像便意一样，来得快去得也快。

　　草莓，蛇莓，茅莓，那一朵朵江南的小红帽。

　　我对草莓的爱，不是随便说说的。孩提时代，我用蜡笔画过草莓，那画早丢了；长大后，我又用印着草莓图案的信笺写过情书，如今还依稀听得见当时的心跳，犹如一颗草莓在抖动。

　　中国没有野生的草莓，中国的野草莓是茅莓，偶尔也说是蛇莓。茅莓和蛇莓，或医书，或诗词，古远时就提到了。唯独没有草莓。我不甘心。

我查阅了草莓的简历——

目：蔷薇目；科：蔷薇科；属：草莓属；种：荷兰草莓。

荷兰，明细的地理版图。我的心不免一下子凉了。就像三个女儿中最喜欢的那个，却不是亲生的。说这话，好像偏心了些。可一想到最喜欢的三种水果——紫葡萄、草莓、番茄，居然没有一种是土生土长的，我好像也成了一个中国籍的荷兰人。

草莓来中国晚，大概在二十世纪初，直到八十年代才大量栽植。唯一值得欣慰的是，在八十年代这卷老胶片上，草莓与我镶嵌着生长。

"若说好吃的果子中，一年中就数草莓最早了。"如果遵循自然生长法则，梭罗《野果》里的这一句表述与我达成了一致。虽然还有一种水果，于我而言，喜爱之情更胜于草莓，但它要较草莓稍微来迟些。

蛇莓，我们小时候不敢吃，据说是蛇爬过的地方长出来的，也叫蛇子。也许是大人骗我们的，也许大人没骗我们，因为我也没见他们吃过。大概是他们小时候也这样听大人说了。茅莓，我们吃是吃过，只是吃得少，口感酸甜，喜欢是喜欢，可是这种蔷薇科植物为悬钩子属，布满皮刺和针刺，摘不了几颗，就被扎了。拔出刺，用尝过茅莓的嘴巴吮吸一下流血的手指，想想还是划不来。

唯有草莓的性格是温顺的。既没有可怕的传说，也没有现实的伤痛。

在稻麦两作、农作物套作的家乡，没有多余的土地种植草莓。我阿姨家曾经放弃了栽植蔬菜，用那几垄自留地种了草莓。看着这种球形的聚合果，慢慢露出花盘，慢慢鼓胀，微红时我们几个孩子就迫不及待了。那几垄地上的草莓，似乎没有一颗能够等到鲜红欲滴、汁水饱满的。原本想卖草莓的阿姨只种了一年，又重新种上了蔬菜。

我对草莓之爱，从花开始。我对草莓之爱，愿当饭食。我对草莓的爱，一点不输于普里什文："昨天运来了为草莓做肥料的鸟粪，那气味实在难闻，简直破坏了五月里的空气，而我也许正是为了这新鲜空气才住在这儿的。可是有什么办法呢！不管多么喜爱五月的空气，反正为了在六月里享用草莓，就不得不在五月里闻鸟粪的臭味。"

我的家乡，原本没有大面积的水果种植，只有桃树啊梨树啊枣树啊少数几种零星地栽在屋前屋后。现已分割成一个个果树园区。粮食的价格还像八十年代的平房，水果的价格却早已是高楼大厦。这里长出的草莓，个头一个比一个大，没吃几个就能吃饱。虽然没有以前小个头的草莓香甜，我还是很爱吃，我对草莓的爱怕是减不了了。

草莓是吃不尽了。只是鱼米之乡的人，多购买东北大米以备日常之需，这有点疙疙瘩瘩的。我偶尔路过小块的水稻田，看着那沉甸甸的穗子，仿佛看见了一种低头的自卑。淹没它们曾经拥有过的光芒的是草莓的红，中国的红，红头文件的红。

于是我又想起用蜡笔画草莓的时光,那是原初的江南时光。如今的人都去云南了,留几张影像。所谓的"丽江时光",一张纸片真能留住时光?而这已然成为一个舒缓、柔软、优雅的专用名词了。我身边的人比比皆是——一生不停地旅行,走过太多好像一定要去的地方,只为获得短暂的精神归宿。踏上归途时,却发现已经丢了自己的故园,丢了自己的江南时光。

我总想写个中国版的《小红帽》一样的温馨童话,把"江南时光"镂刻成每一个人的心窗:一个扎小辫子的女孩,走在通往外婆家的小路上。路上没有大灰狼,她挎个小竹篮,一路上摘着"小红帽"……尽头是外婆居住的朴素的村庄。

村庄里还有草莓的脸,长满粉刺的美丽的脸。

菱

菱角有脐眼，水为其母。写《江南词典》的邹汉明兄，久居水乡浙江嘉兴，有得天独厚的南湖为底气，"菱"当仁不让占其一席。我感兴趣的是南湖水的可爱，居然产一种没有角的"元宝菱"，想必圆头圆脑的，甚是讨人喜欢。在我家乡，菱可能是被水宠坏了，学了点螃蟹的傲气，它还说"鸡头吾弟藕吾兄"，兄弟仨就老大看起来温和些，略显水的柔情。

家乡没有大面积的湖，村东村西倒也布满了大大小小的池塘。房客之一的菱，纤细的茎蔓长约数尺，伸入水底泥中，叶柄中部膨大成气囊，使叶片能浮于水面，浮叶聚于短茎上，相互镶嵌成盘状，俗称菱盘，沉于水中的叶狭长为线状。菱盘绿叶子，茎为紫红色，开白色或黄色小花，一到夏日，密匝匝地覆盖着水面。午后钓鱼，分明看见鱼嘴在菱叶间拱呀拱的，一张一合，提着根鱼竿却无从下手，好不容易找到一个间隙让鱼饵慢慢沉下去，浮子拖动时一甩就钩在了菱藤上，若甩时用力大些会钩到头顶的柳枝上，很是讨厌。

待到秋日，就不再讨厌菱盘了。夏末秋初开的花向下弯曲，没入水中，会长成果实。拎起菱盘翻看，挂满了青色、红色或紫色的菱角，水灵灵的，剥开一枚，用牙齿轻轻一咬，清香甘甜的汁水便在唇齿间流转。"菱池如镜净无波，白点花稀青角多。"白乐天写《采菱歌》时，大概看见的仅为青菱一种。

家乡的菱，有红菱和青菱两种。红菱果皮水红色，肩角细长平伸，腰角中长，略向下斜伸；青菱果皮绿白色，肩部高隆，肩角粗大平伸，腰角略向下弯。这两种菱嫩时用大拇指指甲往腰角一掐，菱壳很容易就剥开了，白嫩圆润的菱肉霎时露出了水之灵气的真面目，瞧上一眼就怪馋人的；随着处暑、秋分等节气的推移，剥菱壳就费劲了，掰掉尖尖的菱角，用牙齿咬开，菱肉也不再那么脆甜、汁多；再老的时候，只能摘下来煮熟吃，大人还能用牙齿和手剥食其肉，小孩就得借助刀之类的工具，把它一劈两半才能吃到肉，有时还会被坚硬的角刺划破嘴唇，上学路上抓一把放裤兜，边走边被它扎得痒痒的。

家乡的池塘一般都有村里人承包养鱼，种植菱更像是副业的副业。也有些沟、塘没人愿意承包，除了用来取水为临近的庄稼地浇灌外，基本无人问津，村里人一般喊这样的池塘为野沟。这样的池塘里也有菱盘，数量不多，结的菱角也为青色但个头小，不知道是什么品种，我们喊它野菱。嫩时也不如红菱、青菱口感好，倒是老了煮熟后，吃起来比红菱、青菱香，只是四角的尖刺更难对付了。没人摘的菱角熟透后沉于水底，我们这些小孩老是在踩河蚌时被它扎破脚。我翻了些资料，想找找野菱的名字。唐代笔记小说《酉阳杂俎》载"芰，今人但言菱芰，诸解草木书亦不分别，惟王安贫《武陵记》言：四角三角曰芰，两角曰菱。今苏州折腰菱多两角"，看来唐人已不怎么区分菱和芰了。苏州的王稼句先生在《姑苏食话》中说，民间对菱还是有一些特别的称呼，凡角为两而小者，称为沙角菱；角圆者称为圆角菱，也称和尚菱；四角而野生者，称为刺菱。依我看，书中所说的分别是苏州的腰菱、南湖的元宝菱，至于刺菱，则更像我眼中的野菱。"两角而弯者为菱，四角而芒者为芰。吾地小青菱，被水而生，味甘美，熟之可代飨饭。其花鲜白幽香，与藏蓼同时，正所谓芰也。"明人李日华在《紫桃轩杂缀》记吴江的小青菱时用"四角而芒者为芰"颇为形象，那么野菱的学名大概为芰，我们不妨喊其俗名小青菱，"野菱"这名字喊起来有点无出处的味道。

可以肯定的是，菱与长江下游太湖地区有着深厚的历史渊源。明人江盈科在《缘箩山人集》中讲了个故事，说北方人生来不认识菱角。有个北方人到南方来当官，为了让他尝尝南方的特产，南方人在酒席上准备了菱角，那人连角壳一起放进嘴里。有人就告诉他吃菱角必须去掉壳。那人为掩饰丑态，说他不是不知道，连壳一起吃，是要用来清热解毒。有人又问他北方也有这种东西吗？他回答说前山后山什么地方都有。菱角生长于水中却说是在土里生长，看来北方还真没有这种水生植物。我说这故事倒没有笑话这北方人捉襟见肘的窘样，想想带刺的菱角连壳放嘴里嚼，这人也挺不容易的。那些招呼客人的人真不懂待客之道，为何不把菱肉、莲藕、鸡头米炒在一起，一盘"荷塘小炒"可品三味，吃起来也不费事。

又想起儿时对菱角的期盼：小花刚开，就要把够得着的菱盘时不时地拎起来看看，过几天再看看，直到小菱角结出来，就迫不及待地开始摘了。待到菱角成熟，催命鬼似的要啊，大人们劳作回来，只能扛起洗澡用的长圆形木盆，以手代桨。他们身体向水中倾斜，盆也倾斜，看起来要倾翻的样子，双手却可边娴熟地上下翻动菱蔓，采摘着一只只菱角，边拉动菱蔓缓缓而行。夕阳下水波荡漾，小孩子的口水咽了又咽。

瓜

我比那几个真偷了瓜的孩子还紧张。看瓜人的眼神将我浑身上下搜了个遍，我装作坦然的样子，双手有意无意地拍打几下不可能塞下瓜的裤袋从他面前走过，我真听得见自个儿"怦怦"的心跳声，手心居然还会渗出汗来。

这种"瓜田李下"的心情是有渊源的，曹植也有过"瓜田不纳履，李下不整冠"的警言。有的人做贼做惯了，心一点也不虚。

还有个有趣的事，可能是与车前子所处地域相同的缘故，他小时候凑满东、南、西、北四种瓜的心思我也有过。老车可惜的是，以为"冬瓜"可以写作"东瓜"，原来不是，有点小小的遗憾。

我和他不太一样，把"冬瓜"默认为"东瓜"，可我没能凑到南瓜。长大了认识了南瓜，橙黄色的，比葫芦的脖子粗大，却过了热爱凑数的年龄。

北瓜墨绿色，扁扁的椭圆形，一般用来切块喂猪，偶尔也切丝烘北瓜丝饼吃。瓜子白色，洗净晒干，炒熟后消闲，和葵花子一并成为乡间经典零食。

北瓜和南瓜都可叫饭瓜，二十年后蒸熟了，叫粗粮。

十岁前我没吃过西瓜。田里最好吃的叫"青皮绿肉瓜"，一种近白色，另一种近浅绿，瓜肉松脆。后者我喜欢吃熟透的，瓜肉酥软，瓜瓤极其鲜甜。其种子被奶奶用原始的方法保存：草木灰加少许泥用水调成糊状，将瓜籽拌入其中，粘在灶间对着灶膛口上方的墙壁上，什么原理我就说不清了。

据我的经验，所谓的"歪瓜裂枣"往往比那些长相整齐、漂亮的更为可口，我觉得它们属于"有灵感"的一类。《聊斋志异》里最短的一篇叫《瓜异》，仅二十八字："康熙二十六年六月，邑西村民圃中，黄瓜上复生蔓，结西瓜一枚，大如碗。"这不是小说，类似于新闻报道，如果不是农业的嫁接技术，那就是一种巧合。

十岁后我吃到了西瓜，这新鲜瓜果比奶奶种的"青皮绿肉瓜"好吃多了，它圆头圆脑的，花纹也好看，更像夏天的性格。抛在井里一下午，傍晚用水桶吊上来剖开，清凉得很。十五岁后我吃到了哈密瓜，原来这个世界上好吃的瓜有这么多啊。我的太爷爷想来没吃过这么多好吃的瓜。从前，北方人能吃上荔枝的，也就杨贵妃他们少数人。

枝架间的黄瓜不是很甜，随手摘根嚼嚼有时仅为果腹，小时候也没当蔬菜来做。说起黄瓜，我倒想起做过一次偷瓜的事来。东村一户人家长了一根特别粗长的黄瓜，白天很显眼地在我眼前闪着骄傲的光芒。晚上我就去偷了。我偷那黄瓜又不想吃黄瓜，真是偷得莫名其妙。那户人家的狗"汪汪"直叫，只听见"嗲人啊"的开门声，我拎起黄瓜就跑，跑了一阵子把那黄瓜一折两段，塞于莳秧季的水田，扒了泥盖好。多好的一条黄瓜啊，就这么给糟蹋了。

放在今时可以冷拌两大盘，又或者等它长老点，和河虾一块煮。

黄瓜油亮，丝瓜毛糙。丝瓜的做法一般有两种，加以嫩豆子或鸡蛋清炒，有时也做丝瓜鸡蛋汤。有一年去北戴河，看见"丝瓜长廊"缀满了无数三四米长的丝瓜，像绿绿的瀑布。可惜的是，它们更多地成了照相的背景。

还有种菜瓜，是很好的水果，汁水比黄瓜饱满、甜津。偶尔用来炒菜，也可腌制成酱菜。之前提到的冬瓜，动不动就长成了大个头，从田间抱回来却有点发愁，那时排骨少啊，冬瓜没什么吃头。

我们那不种苦瓜。后来遇见了，试了一筷，难以下口，就再也没碰过。苦瓜是可以当药吃的，没什么大病，谁喜欢苦味呢？

木瓜也是在好餐桌上见着的。三位女士三位男士的话，女士一人一份木瓜炖雪蛤，男士一人一盅牛鞭之类的汤。我从来不喝用生殖器熬的汤和泡的酒，却觉得木瓜炖雪蛤的色泽很好看，女士们吃起来也特别优雅。

北方人似乎把什么都叫作瓜。南方的茄子喊茄瓜，茭白喊茭瓜，山芋喊地瓜。北方人实在，"瓜"字入眼，就看见藤蔓上挂了一个喜人的果实。

我有时也被普通话喊作一种瓜：傻瓜。

梧　桐

　　一叶知秋。这叶许是梧桐叶最为合适。和秋天的第一枚落叶相遇，也要点缘分的美妙，它像掉了的一片嘴唇，不能说话了，也没必要说话了。有时候，我觉得我能认识一棵树上的每一片叶子，然而我们曾静静地等待过其中的一枚脱离母体的那一个刹那吗？我们有时间，却再也没有了耐心，那一个完美的如琴弦拨断的瞬间，一切都凝固了，我可以和一片落叶同为琥珀……我时常会想起康·巴乌斯托夫斯基的《黄光》，那个以打鱼和编筐为生的名叫普罗霍尔的老人讲的一个关于秋天的故事，我看见普罗尔瓦河边一个为落叶忧心忡忡的俄罗斯老人的脸庞，于是也试着去感受把每一个秋天当作一生中第一个也是最后一个秋天。

　　落叶，在我所有去过的城市中，藏得最深的是南京——除了故乡常州，从来没有一座城市值得我如此留恋。我时常想念云南路烧烤店里金灿灿、油汪汪的"响鱼"，除此之外就是那些慈祥的梧桐。每次回南京少不了的一是吃响鱼，二是看梧桐。你看，我下意识里都用"回"这个字了。我觉得，只有在南京，梧桐才最像梧桐，它长着南京独有的肤色。

　　晏殊是个喜欢在梧桐树下想心思、发感慨的人，"酒阑人散忡忡，闲阶独倚梧桐""斜日更穿帘幕，微凉渐入梧桐"。他的梧桐是中国梧桐，应该就是青桐吧，树干可以做琴。这种树还被倪云林的"洁癖"洗死过。《庄子·秋水》里说的那种叫鹓鶵的鸟，从南海往北海飞，非梧桐树不栖息，这鸟的审美也该是青桐。我说的梧桐有一个好听的名字：悬铃木。更确切地说，是三球悬铃木——法国梧桐。一球悬铃木是美国梧桐，二球悬铃木是英国梧桐。悬满铃铛的树，这是哪个诗人给取的名呢？我的读书岁月里，不知在汉口路两旁小酒馆门前的梧桐树下醉过多少次。有一次，几个人喝醉了，其中一个三两下爬上了梧桐树，硬是不肯下来。

两三年前的样子吧，听说南京要砍掉许多梧桐树，汉口路上的也不例外。想想去南大的路上少了梧桐树，怪别扭的。我问朋友为什么呢，所给的答案完全不是回答为什么的理由。我听了蛮心疼的，后来还隔段时日问问那些梧桐树有没有被砍掉。所幸，一棵树长得久了、模样看亲切了，人是会有感情的，梧桐树砍与不砍居然成为这座古老城市的一个事件，谢谢那些为梧桐说话的好人们。

我所在的城市，梧桐也挺好看的。回想三十多年前，和平路上的梧桐是我对这座城市的最初记忆。记得第一次进城，见到的就是这站得整整齐齐的梧桐。那时候的和平路远没有现在这么宽敞，却看不出丝毫拥挤，其间穿梭着24寸的金狮牌自行车，穿白色的确良衬衣的姑娘和小伙儿，一律的青春焕发。那年我五六岁光景，对彼时的城市没什么具体印象了，色调陈旧，远没有现时苏南任何一座小镇光鲜，可老孟所说"梧桐相待老"的感情多深啊，那时的旧又是值得一座城用来怀念的了。

我之所以记得一条叫作和平的路，是因为在这条路一个忘记了名字的小饭馆的四方桌上，我和爸爸还有另外两个陌生人坐到了一起。当我把筷子伸向一盘菜时，那个陌生人看了我一眼。我把手停了下来看着爸爸，爸爸说那是别人点的菜。我记得那个眼神，记得那盘菜是一份清汁百叶。一晃三十年了，和平路两旁的房子都不断长高了，变亮了，只有那些梧桐依然静静地站在那里，看不出一丝因生活安然带来的臃肿。也许会有一棵梧桐，曾看见过一个好奇的少年当年初进城时羞涩的表情。

这座城市的路胖了许多，两旁的植物也渐渐丰富了。那些木本、草本、藤本依偎在一起，长着亲人般的面孔，看起来都有美好的心思。我一直固执地认为，一座城市的行道树，只能是梧桐。而今香樟似乎越来越受青睐，但因为缺少色彩交替的季节的层次感，也就没有了"梧桐真不甘衰谢，数叶迎风尚有声"的美妙。密密麻麻的"铁甲虫"载着的那些追赶时间的人，丢失的则是生命里更多的时间，这大概就是浮士德式的交易。我的日常生活圈，一般也就在三千米之内，我喜欢散步，慢就慢点吧，慢有慢的收获。比如，当我看见一只白鹭从这条路东侧的湖面一跃而过，在西侧的湖面上盘旋、停歇下来，我被这条白色的弧线深深地感动了，仿佛正在读顾城的诗句："空气中的光明/使我们的手对称。"

"有一种树,看到了,就想起了一座城。树是梧桐树,城是南京城。"读到过这样一句话就记住了,不知是谁说的、谁写的,却像是此刻我在说的、我在写的。

梅　花

不知是杨升庵（1488—1559）当年读书版本的印刷问题，还是我手头这本上海古籍出版社出版的《词品》的问题，卷二："辛稼轩词'泛菊杯深，吹梅角暖'，盖用易安'染柳烟轻，吹梅笛怨'也。然稼轩改数字更工，不妨袭用。不然，岂盗狐白裘手邪？"弄得我很是纠结。一则，李清照（约1084—1155）的《永遇乐》（落日熔金）原句"染柳烟浓"，杨升庵引为了"染柳烟轻"，这一浓一轻可大有变化，时年李清照正南渡流落他乡；二则，"泛菊杯深，吹梅角暖"句，我查找不到出于辛稼轩（1140—1207）的哪首词。宋人刘过（1154—1206）倒有首《柳梢青·送卢梅坡》，"泛菊杯深，吹梅角远，同在京城"。相同的是"吹梅"这个关键词，看来南宋那个时候，离别伤感时都会想起《梅花落》。

以前有个叫龚自珍的大夫，专给梅看病，他的诊所叫"病梅馆"。他买了三百多盆梅，都是病的，他心疼它们，为之流了三天泪后有了治愈它们的方子：纵之顺之，毁其盆，悉埋于地，解其棕缚。几句药方听起来就让人松了口气。当然，他的病人并非真是梅，他晓得自己也只不过是一株生了病的梅，读他的《己亥杂诗》，有"我劝天公重抖擞，不拘一格降人材"句，此乃治疗病根的良药。

再以前，还有个人在西湖孤山隐居，不仕不娶，种梅养鹤，我实在难以想象这林和靖可以清心寡欲到此种地步。他的墓葬除了有端砚还有玉簪的，他也有"君泪盈，妾泪盈"的《长相思》的。林和靖对后人来说提供了一个好的生活态度，至于"梅妻鹤子"之说，则略微夸张了些。有阵子我还真想去看看和靖居士亲手种植的那株梅花，是否隐约可见美好妇人的模样。

龚大夫在云阳书院种的梅尚在，一百六十多岁了；林居士的梅在孤山何处呢？若在的话，该逾千岁了。在大丰的西郊梅园，有五百岁的梅王梅后，相传为梅仙子江梅化身，它俩在一起生活了数百年——挖来两棵树摆一块儿，说了点含糊的故事，怕只怕错点了鸳鸯。还有一棵宋梅，说是八百多岁了。铭牌上说是南宋祥兴元年丞相陆秀夫南徙，此梅引自淮地，现回归故土。也就是说，这是棵见证过陆相与宫廷女官间旷世爱情的梅树。

如此给一棵树的前世今生找线索，现代人真是蛮不讲理，也显得生硬粗糙。一个人颠沛流离后，怕是许多往事也说不清了，何况一棵树呢？有些人总喜欢一厢情愿地去找些老树，移植于自家庭院，仿佛可以占有一棵树的所有时光。一棵梅树八百年间不知漂泊了多少次，又或者说这棵宋梅又怎能确切为八百年的光阴，它就不可能是一千岁吗？一个估算就抹掉了二百多年的时光，而这被抹去的二百多年，曾有多少名人雅士注视过它，有多少旅人路过它？说不定，这一棵宋梅也曾被林和靖疼爱过呢。

中国有六大古梅：楚梅、晋梅、隋梅、唐梅、宋梅、元梅。这份榜单让我对时间充满敬意。这些古梅皆植于寺庙，多为和尚所植，梅花好像有点和尚文化的味道。郁达夫算是见多识广了，他看见过"大明寺前的所谓宋梅"，看见过"天台山国清寺的伽蓝殿前的一株所谓隋梅"，还看见过"临平山下安隐寺里一株唐梅"，他转折了下说，"所谓隋，所谓唐，所谓宋等等，我想也不过'所谓'而已"。我个人并不是很喜欢梅花，说不出来的感觉，没叶子的花看着怪别扭的。太多人"喜爱"梅花，可能是想往它寓意的情操上靠拢，可能是大雪纷飞里还有花朵养心养眼，也挺好，毕竟雪花不是花。"梅须逊雪三分白，雪却输梅一段香"。卢梅坡说得也挺在理的。

有几句想交代一下，杜牧说"越嶂远分丁字水，腊梅迟见二年花"，苏轼说"天工点酥作梅花，此有蜡梅禅老家"，腊为腊月，言时节；蜡为蜜蜡，喻色状。个人觉得应以李时珍《本草纲目》对蜡梅的介绍为准："此物本非梅类，因其与梅同时，香又相近，色似蜜蜡，故得此名。"无论是叫腊梅还是叫蜡梅，与梅花都是有所区别的，至少在植物学上不是一个科属。

我出生的那个村庄有个好听的名字：梅林。我读书的小学叫梅村小学。我上小学的时候，背得较早（或最早）关于花朵的诗好像就是"墙角数枝梅，凌寒独自开"了，那时还不知道诗的作者是王安石。在那个叫梅村的村庄里，从小到大我连一朵梅花也没见过，至于何故取这个名字，无从知晓。

我家老房子的后面倒是突然有了片梅园，那里曾经是庄稼地，种过水稻、麦子、玉米、高粱、大豆、棉花、花生、芝麻……还有整片的紫云英烂漫过。村里有个孩子长大了，有钱了，不用再种庄稼了。他填了水塘挪了点梅树过来种种，再挖了条河，以后就有人四处赶来看梅花、划船度周末了。"傲梅园"这名字取得一点也不好，就像那个长大了的孩子满脸的傲气。我能猜得到他会再多花点钱，去各处找些有年份的梅树回来，而后在每一株树的铭牌上编些"渊源流长"的故事。说不定他也能搞来棵宋梅，把填了的池塘重新挖好，挂上"疏影横斜水清浅，暗香浮动月黄昏"的句子，说这就是林和靖种过的，因为他可能也听过"梅妻鹤子"的传说。他觉得传说很美，于是还会去买两只丹顶鹤回来拴上摆一摆。

我不太喜欢梅花，不过"墙角数枝梅"倒还有几分雅趣，王安石的句子多少令人踏实些。每一个梅园都过于密了，让人眩晕，喘不过气来，每一个梅园会让我想起龚自珍的《病梅馆记》。

辑乙：动物

禾花雀

听到一个很动人的名字,"禾花雀",心都一下子柔软了。说是一种候鸟,繁殖于内蒙古和东北一带,每年由北往南迁徙越冬,飞经中国东南部时正是十月水稻扬花季节,所以叫"禾花雀"。作为吃米饭长大的人,我对谷子的感情深得很,于是听到"禾花雀""稻花鱼"这样的名字尤觉亲切。在水乡出生,稻花鱼我是吃过的,但看到"吃过真正禾花雀的人一口就能吃出来,禾花雀的骨头是脆的,正是野味的口感,这个鸟,人工培育不起来"这样的说法,多少有点惊讶。名字这么好听的鸟一定很好看吧,这么好看的鸟怎么能吃呢?至于说出"给我一个物种,我能吃到它濒危"这种话的,我就有点想抽他嘴巴了。

去找学名为"黄胸鹀"的禾花雀的图片看,眼熟得很,和麻雀长得很像,与麻雀不同的是腹部呈鲜黄色,我小时候是见过的,喊它"黄麻雀"。记忆不会骗人,我的诗集《马兰谣》里躺了一页《随手写下》:"在树叶上,风多好看/一只黄雀/说着蓝蓝的话/我赶羊群/走过暖暖的天空。"随手写下的不会是乱编的,可能写的时候想起了坐在草地上看见了鸟、看见了云的一幕,看见的都是温暖的事物。那年爱人怀孕,我一直想有个女儿,所以诗里还有这样的句子:"五月的大地/给我写温柔的信/青草是小楷/野花是标点/一个小小的公主/在长大。"

为了佐证我的记忆没有出错,我又拿了禾花雀的图片去给妈妈看。"我们乡下有这种鸟吗?""有啊,这不是黄团团吗?""一年四季都有?""那倒也不是,春天和秋天的时候有。"你看,从妈妈把它喊作"黄团团"就知道它有多可爱了,我们喊可爱的婴儿就喊"肉团团"。妈妈所说的季节恰好是禾花雀南北迁徙时经过家乡的时节。

一定没有错了。这几年每年十月吃螃蟹时,在溧阳一带的土菜馆,好客的主人总会上一道菜,每人一只,说是黄雀,不用吐骨头。或油炸,或用百叶卷好系了鸭肠蒸,我是没胆子吃的,总觉得那小小的身体上还有眼睛瞪着。我原本是喜欢吃百叶的,可那百叶看起来就像裹尸布。同桌的一筷子夹过去塞进嘴里,嚼几下咽了下去,真的,只要一口,一口就能咽下一只鸟。同桌的还会有一个客套一下,表示感谢我也好,不浪费也罢,那天总会有一个人咽下两只鸟。屋外是起伏的矮矮的丘陵,一些努力活着的黄雀还在飞过,不晓得鸟群正被许多这样的屋子越剪越小。

迁徙期间,禾花雀以稻谷、高粱、麦粒等农作物为食,也吃昆虫和昆虫的幼虫。"螳螂捕蝉,黄雀在后"之意语出《庄子》,到《说苑·正谏》"园中有树,其上有蝉,蝉高居悲鸣,饮露,不知螳螂在其后也;螳螂委身曲附,欲取蝉,而不知黄雀在其傍也;黄雀延颈,欲啄螳螂,而不知弹丸在其下也"时,多了一个重要角色,人。

说说写黄雀的人吧。魏晋的曹植有少年侠气，他写《野田黄雀行》"罗家得雀喜，少年见雀悲。拔剑捎罗网，黄雀得飞飞"，之后，获救的黄雀飞上天空又飞下来向少年表示谢意；唐代的李白以黄雀自喻，他写《野田黄雀行》"游莫逐炎洲翠，栖莫近吴宫燕"，因为"吴宫火起焚巢窠，炎洲逐翠遭网罗"，还不如在蓬蒿丛中扑扇两只翅膀，天上纵有鹰鹯，又能奈你几何？曹植和李白的诗里政治意味浓，王维的《黄雀痴》就如生活随笔，"黄雀痴，黄雀痴，谓言青毂是我儿。一一口衔食，养得成毛衣。到大啁啾解游飏，各自东西南北飞。薄暮空巢上，羁雌独自归"。黄雀也好，凤凰也罢，可怜天下父母心。

多年以后，写黄雀的人少了，吃黄雀的人多了。只有人，才能在中国南部一个叫道滘镇的地方烧出"三禾宴"：禾虫、禾鱼、禾雀。这是一片神奇的土地，人们相信食补。以前，北美有一种旅鸽，种群数量可能在 50 亿只左右，因为"拓荒者"爱上了这种肉质鲜嫩的小鸽子，导致其数量急剧下降。1900 年 3 月 22 日，一个男孩在俄亥俄州的派克县用自己的气枪猎杀了最后一只野生旅鸽，只留下威斯康辛的怀路森州立公园的一座旅鸽纪念碑。

禾花雀呢？一只一只，一串一串，一盘一盘，会不会也有个具体的某年某月某日，某个人咽下了最后一只禾花雀，在他喉结的滚动处，竖起一座禾花雀纪念碑？

旧雨

獾　子

其实，我对康·巴乌斯托夫斯基的最初阅读是那本《金蔷薇》，但与其说记住了他的名字，还不如说记住了他笔下那只因为试图偷吃他煎锅上的土豆而烫伤了鼻子的小獾子。在那个事件里，他身边有个善于虚构的九岁的孩子，而大人们却极喜欢他的种种虚构，比如孩子一会儿说听见了鱼儿喁喁私语，一会儿又说看见了蚂蚁拿松鼠皮和蜘蛛网做成摆渡船用来过小溪。确实，换作我，也喜欢这种虚构，也舍不得揭穿这种美妙而温情的虚构。无论在哪里，孩子们总能看见大人看不见的美好事物。

那个孩子在獾子烫伤了鼻子的第二天早晨叫醒康·巴乌斯托夫斯基，说看见獾子在医治烫伤的鼻子，并拉起他的手要去证实自己没有撒谎。随即，在他眼前出现了这样的一幕：獾子在一个树桩中心挖了个窟窿，把烫伤的鼻子埋进那儿潮湿冰凉的烂木屑中以使得鼻子凉快一点。他还看见，那只獾子坐下哭了起来，圆圆的泪眼，一边呻吟一边用粗糙的舌头舔受伤的鼻子……我忍不住也揉了揉鼻子，仿佛某年某月某日的傍晚，我饥肠辘辘放学归来看见母亲做好的菜肴，探鼻一闻不小心被热气烫着了一般。那一刻，我像极了那只小獾子。

以上，是我对獾子的间接认识。在没有山丘、森林的地方，我那些没有被烫伤鼻子的美食家朋友总能嗅到特殊的味道。他们时常穿过两三条巷子，在某个不起眼的小餐馆坐下。对于老主顾的他们，想吃什么老板心领神会，然后从冷藏柜里掀开第一层的肉类块状物，掏出下层大大小小、一坨坨的肉类块状物。稍会儿工夫，几个热气腾腾的锅仔摆在我们眼前，在经过老抽装饰一番后，会有人教我辨识什么是麂子，什么是野猪，什么又是獾子。这里，才是我直接认识獾子的地方。而我实在是太差劲了，根本尝不出什么是麂子的味道，什么是野猪的味道，什么又是獾子的味道。

我喜欢看它们的样子，看它们在大地上行走，能撞见一只獾子来偷吃我煎的土豆也比我能吃到它的肉的欲望来得强烈。獾子有很多种，常见的有狗獾、猪獾和狼獾。这样的区别显而易见，模样长得偏像于另一个物种而已。我所能确定的是，康·巴乌斯托夫斯基遇到的肯定不是生活在北极边缘的狼獾。狼獾比较凶残，像狼一样有自己的领地，不太会爱上土豆并且有一双圆圆的泪眼。至于是狗獾还是猪獾，他也没说明白，我从他的描述中更倾向于猪獾。

有时候，我特别想穿上獾子的皮毛，出现在地方志分明记录了有獾子的乡野，因为闻得到伙伴的气息，那些原本以为消失了的獾子们会从角落里探出头来。我原来是认得它们的，那个叫小明，那个叫小朋，那个叫小友……我和它们在一起特别快乐，我不再双脚直立行走，那是多么难看的走路姿势啊。我四肢踏地,在草丛中奔跑。头顶有那么多星星,我们商量着今晚的活动,先偷张羊羊家的玉米吃,再把张羊羊那个喜欢吃我们同伴的朋友家的红薯地翻个遍……等妈妈叫我们了,我们就唱着胜利的歌儿回家去。

"一年以后。我又在这个湖的岸上,遇到鼻子留伤疤的獾子……我朝它挥挥手,但它气恨恨地对我嗤了一下鼻子,藏到越橘丛中去了。"康·巴乌斯托夫斯基描述的那只獾子就像一个可爱的孩子,于是我也记住了这只獾子,我还给它取了个名字:康·巴乌斯托夫斯基。

河　豚

最初吃河豚的人，大概是生吃，他也是第一次捉到这种样子的鱼。那时尚未有火，三两口吞咽下去定是一命呜呼的份。其时的人寿命不长，死了也不晓得是吃了河豚所致。慢慢地这事发生得多了，人们开始有所奇怪、怀疑。最初烹制河豚的人，怕是也逃不过死的宿命，一条肥嘟嘟的鱼哪能令人心生提防，想慢工出细活也还未讨到诀窍。到《山海经》终于有了一点经验，"敦水出焉，东流注于雁门之水，其中多䱱䱱之鱼，食之杀人"。从地理位置来看，第一次吃这种鱼被杀的也许是朝鲜人。

扬州头号盐商程雪门宴请两淮盐务道铁保珊的菜单上，有几道时令蔬菜颇对我胃口，素炒蒌蒿薹、金花菜、马兰头，尤其是"只有三片叶子的嫩莴苣尖"，看得出这实为汪曾祺口味上的喜好。至于那些荤菜，有点奢靡得叫人咂舌：

甲鱼只用裙边。鳜花鱼不用整条的，只取两块嘴后腮边眼下蒜瓣肉。车螯只取两块瑶柱。炒芙蓉鸡片塞牙，用大兴安岭活捕来的飞龙剁泥、鸽蛋清。烧烤不用乳猪，用果子狸。头菜不用翅唇参燕，清炖杨妃乳——新从江阴运到的河豚鱼。

炒芙蓉鸡片塞牙，可见汪曾祺写《金冬心》时牙口已不是很好，于是他这个厨子设想了"用大兴安岭活捕来的飞龙剁泥、鸽蛋清"为食材做了替代。金冬心品尝了一桌名贵菜肴后，想起一个人，就有了一丝耐人寻味的冷笑，你袁子才《随园食单》里对几味家常鱼肉也说得天花乱坠，真是没吃过好东西。金冬心对袁子才是有意见的，让他帮忙在金陵卖十张灯，对方倒反过来要他在扬州推销十部《随园诗话》，你揶揄我，我就用果子狸、河豚鱼寒酸寒酸你。我有点直觉，汪曾祺似乎把性格化于金冬心身上借他口说点想法，只是猜不出袁子才所对应的人来。

《梦溪补笔谈》说"吴人嗜河豚"，沈括之后"河鲀"才习惯写作"河豚"，这杨妃乳一说不知从何而来。我还读到过"脂至肥美，有西施乳之称"，所以说饱暖思淫欲，能经常吃吃河豚的人，有的就是七想八想的时间，粗茶淡饭的，寻思点东西也瘦。"长江三鲜"原指刀鱼、鲥鱼、河豚三位住客，想吃到野生的已十分难得。我因离长江不远，小时候刀鱼吃得多，清明过后，刺硬了的不是太值钱。后来食客多了，刀鱼少有机会捱过清明，就会在清明前非常昂贵。我喜欢明前刀鱼胜过鲥鱼和河豚，那才真叫一个入口即化。这几年野生河豚鱼也能偶尔吃到，很多时候会被一种样貌相似的鲍鱼冒充，其实没吃过河豚的人哪吃得出两者的区别。我呢，野生河豚也好，鲍鱼也罢，几乎没了动筷的热情，那炖在汤中的金花菜倒是会一筷子夹起来吃掉。

有时逗河豚（更多的时候是鲍鱼）玩，用手指去戳它，戳着戳着它会气鼓鼓地胀圆肚子，浮在水面上，像个笨蛋。这习性原本是河豚受外界干扰，吞下水或空气使身体膨胀成多刺的圆球吓唬天敌的。当年苏东坡见这一幕写了个《河豚鱼说》：

"河之鱼，有豚其名者，游于桥间而触其柱，不知远去。怒其柱之触己也，则张颊植鳍，怒腹而浮于水，久之莫动。飞鸢过而攫之，磔其腹而食之。"他没交代那只吃了河豚的飞鸢是否被毒死，却好为人师，给大伙儿讲了个道理："好游而不知止，因游而触物，不知罪己，妄肆其忿，至于磔腹而死，可悲也夫！"这道理其实很没道理。

"狗头河豚生气时，会全身发胀。"水族馆老板对小尊说。电影《河豚》中小尊将一条河豚倒入水缸养着玩，去水族店买饲料虾看见狗头河豚和自己的刺豚长得不一样，才知道河豚的种类很多。小尊和水族店老板有一段对话——"那它可以活多久？""只要好好照顾就可以活很久。""要怎样好好照顾？""最重要的当然是它的生存环境，它对环境忍耐度比较高，我说它可以忍耐，并不代表它会快乐。不快乐活再久也没意思。"这对话也许得看了电影才能入心，河豚终于在美食的天空外，象征了一次爱情。

本以为河豚独属我所处的短短一段长江所有，春天可以邀约远方的朋友来尝江鲜挺稀罕的。在2017年诺贝尔文学奖没公布之前，我从未听说过石黑一雄的名字，巧的是我读的他的第一篇作品叫《团圆饭》，开头一句便是"河豚是一种能在日本的太平洋沿岸捕捞到的鱼类"。中国台湾，日本，到处都有河豚，竟让我心生失落，有什么可稀罕、显摆的呢？

小说中写"自从我母亲因为吃了河豚而中毒身亡后，这种鱼对我而言便有了特殊的意义"。那位母亲是一直拒绝食用河豚的，是什么缘故令她在某次旧校友邀请时做出了不便回绝的例外呢？《团圆饭》对于河豚之毒写得很专业：河豚的毒素集中在它的两个易碎的性腺里，所以在收拾鱼的时候，必须把性腺小心翼翼地移走，稍不留意，毒素就会渗入鱼肉的纹理中。遗憾的是，这"手术"是否成功执行并不好说。能够证明的方法，就只有吃掉它。读小说的过程中，我一度猜测主人公那"以家族中流淌的纯正武士血统为荣"的父亲，会不会以煮一锅河豚汤的自杀方式来带走家人与渡边呼应。

我听说过好些——证明了这"手术"没有成功的案例，但那一句"拼死吃河豚"的老话说了很久还在说下去。我不爱吃河豚，倒不是怕死，而是因为它实在没有鲜美到传说中的地步。更何况，有什么东西好吃得值得人舍命去吃上一口呢？明嘉靖万历年间江阴人士李诩本也喜欢河豚，某日遇见河豚毒死一家四人后，再不敢吃，且逢宴便劝人："世间甚多美味，省此一物无妨。"起码，团圆饭上还是少道河豚的好。

鲤　鱼

尽管十分醉心于"鱼传尺素"之类所萦绕的古老中国情愫，我还是忍不住偶尔掀开纱帘，问声，送封信干吗还得塞到鱼肚子里呢？那么美的思念，得先剖开鱼才能取出来，还有股鱼腥味，除非是一个打鱼的给另一个打鱼的写信，闹着玩。真不如"驿寄梅花""雁足寸心"干净，闻着也清新。当然，大雁有没有给人捎过信是一个问题，起码它也不是随便给人捎信的，"我居北海君南海"的黄庭坚就会碰到"寄雁传书谢不能"的情况，因为一个值得"桃李春风一杯酒，江湖夜雨十年灯"的朋友吃了回"闭门羹"。我这个人老改不了这毛病，有时说得太明白了，就既不好玩也不美好了。

我蛮喜欢读到动人的文字，且作者是身份不明的无名氏，可以多些想象的空间。有个无名氏写了首《饮马长城窟行》，我就想啊，那个青丝落肩、手托香腮的女子，在旧时的月色里，泪盈盈地思念着心上人。我可以看见她"客从远方来，遗我双鲤鱼"的惊喜，可以看见她"长跪读素书，书中意何如"的古老仪容。我这口枯竭之井，得时常来点汉乐府的音乐之水温润温润。年少时读此句，觉着古人挺会生活的，写封信给家人吧，还把鱼用作信封，读完信还能顺便将此"信封"做道菜吃吃。后来读着觉着不对，赶那么远的路，鱼还新鲜吗？即便有马，从山东到山西的时日那鱼也快发臭了。果然，据闻一多考证："双鲤鱼，藏书之函也。其物以两木板为之，一底一盖，刻线三道，凿方孔一，线所通绳，孔所以受封泥……此或刻为鱼形，一孔当鱼目，一底一盖，分之则为二鱼，故曰双鲤鱼也。"那"双鲤鱼"还确有信封的用处。

说到用鲤鱼做菜，我们那儿是不吃鲤鱼的。置办喜事时，取一双鲤鱼摆放一下，寓意吉祥，完了会将它们放回河里。我读诗词，鲤鱼总是与"双"这个量词关联着，比如王昌龄垂钓后"手携双鲤鱼，目送千里雁"。有那么巧吗？就不会是钓到一条或者三条？看来诗歌也宥于某种固定的结构了。还有山东人王祥，继母想吃鲜鱼，天寒冰冻，他冒着寒风在河上赤露着身体卧冰，冰被暖化了，冰下也跃出了两条鲤鱼。几日前我在黄河入海口看见渔民在卖鲤鱼，心生奇怪，中午时分来了道鱼汤，说是"黄河鲤鱼"，味道极佳。那汤究竟有多鲜美，我不清楚，对于饮食我也是有所为有所不为。当年京师洛阳有"洛鲤伊鲂，贵于牛羊"，这两句里的鲤和羊我是从来不吃的。我生在长江边，也可以说生在太湖边，总自认为是一个幸运儿。除了吃到名贵的"长江三鲜"和"太湖三白"，几乎所有的鱼都吃过，唯独鲤鱼没吃过。鲤鱼的眼睛太深邃了，看下去，仿佛藏了几千年的中国。

我常怀疑是不是受《诗经》影响，人们总是拿鳊鱼和鲤鱼相提并论。鲤鱼的味道我无从谈起，鳊鱼却是苏南水乡的寻常鱼类，比它好吃的鱼实在太多。见有人写文章写到鲤鱼，老提那句"岂其食鱼，必河之鲤"，大概想表达如果要吃鲜美的鱼一定要选鲤鱼。为什么不去读读整首《诗经·陈风·衡门》呢？有些问号是不能忽略的。"岂其食鱼，必河之鲂？岂其取妻，必齐之姜？岂其食鱼，必河之鲤？岂其取妻，必宋之子？"说的是那时候恋人对爱情的态度，比我们许多人纯朴多了。

年画上，穿红肚兜的男娃娃骑在活蹦乱跳的大鲤鱼上，这种喜庆远比乘坐赤色鲤鱼的琴高好看得多。求仙之道也就没有了生死，没有死也没有了敬畏。生命一代代的延续令我们一生享用了更饱满的情感。"若我躺下也能是一条大河/我将与两岸共荣辱/往北，或者往南/皆是红鲤鱼的中国。"这是我提到"中国"这个字眼最多的一篇文章，因为有时我把它与"鲤鱼"等同来看。

布 谷

写布谷鸟，真不知如何下笔，恐怕要先绕几个弯了。乡党洪亮吉在《更生斋集》中载："毕总督沅在翰林日，以耕籍侍班，高宗顾问布谷戴胜是一鸟是二鸟。毕对以布谷即戴胜，因此被眷。"毕沅是江苏太仓人，可谓学问大家，虽仕途沉浮不定，却也官至湖广总督，被眷任因起一句"布谷即戴胜"似乎有点夸张了。我不大能接受他的一点是，和珅四十大寿时，作为巴结者之一，不至于无奈到竟然赋诗十首相赠。尚能觉他可爱之处，因我另一不愿当官又不善理财的乡党黄仲则曾受过他恩惠。在他任陕西巡抚时，读到黄仲则"一家俱在西风里，九月寒衣未剪裁"的诗句，马上派人送去银子五十两；黄仲则病逝后，毕沅又出资抚养其老母，还为他整理、出版诗集。

再扯一个话题。据《左传》讲，少昊是西方的天帝，而他最早立国却是在东方。这是一个以鸟为图腾的王国，所有官职都由鸟组成：凤凰是丞相，鹁鸪管理国家教育，威武的大鹭掌握兵权，布谷鸟掌管土建营造，老鹰主掌司法大权……本来此文不想再提布谷鸟的糗事，但这鸟连营巢都不会甚至染有把生儿育女的事都赖给别人去做的不道德恶习，它怎么就能胜任"土建营造"这一重要职位？想来可笑，这杜撰神话者是不靠谱还是以此激励布谷鸟学习最起码的生活能力呢？

春暮，即谷雨始，便能听到三种鸟的声音在乡野间此起彼伏，甚是热闹：四声一度的"别姑姑姑"、三声一度的"布谷谷"以及两声一度的"播谷—播谷"（运用汉字拟声相对鸟的原声有些拙劣）。按鸟类学的分类，它们分别是四声杜鹃、鹰鹃和大杜鹃，这三种鸟都有"布谷鸟"的别号。这三种声音夜啼达旦，嗓音充沛，毫无倦意。这声音单调反复，并不好听，却令人感到祥和。或许确切地说，我的身体内流淌的血液，更多地倾向于农民的质地。我这个几乎不谙农事的伪农民却时常多愁善感，每每听到布谷的叫声，苏轼有句诗便会毫无来由地在我耳边萦绕，这诗似乎与布谷鸟叫扯不上什么关系，却因为与我的性格相遇并合拍成我的私人版本——这诗为"人似秋鸿来有信，事如春梦了无痕"。

后来发现杜鹃有二，一花一鸟，于花时也叫映山红，于鸟时则是布谷了。花鸟同名我实属第一次遇见，且杜鹃这一花一鸟经诗词与传说的渲染，竟有点一胞龙凤之意。南唐有个叫成彦雄的写诗的，写"杜鹃花与鸟，怨艳两何赊。疑是口中血，滴成枝上花"；鉴湖女侠秋瑾也有"杜鹃花发杜鹃啼，似血如朱一抹齐"之句。说的人多了，似乎有了言之凿凿的感觉，仿佛真能看见杜鹃鸟站在茂盛的花间，反复地啼叫，以至血从嘴角溢出，慢慢染红了周围那片原本无名的花，于是干脆赋予此花"杜鹃"一名，似乎因鸟花才有了来处。

李时珍说杜鹃原本出自蜀中，今南方亦有之，他的"今"

最起码要从明朝开始了。这个时间段想来无从考证,许是与候鸟的迁徙有关。但明时的"春暮即啼,夜啼达旦……至夏尤甚,昼夜不止,其声哀切。田家候之,以兴农事"至今也还是确切的,看来江山易改、禀性难移是有道理的。另据我观察,谷雨的三候"第一候萍始生,第二候鸣鸠拂其羽,第三候为戴胜降于桑"有着惊人的精确度。"谷雨"的词义在二十四节气中是唯一表明庄稼与气候之间密切关系的节气名词,而布谷鸟的到来之于谷雨期间的农事就像知更鸟之于美国的春天来临一样准时,它更像个监工,把"谷—雨—布"衔接成一个不可分割的整体。

在家乡,比较认同的布谷鸟是四声杜鹃,俗名叫"别姑姑",这名字也来得特别简单,译音自它的叫声。我留意过奶奶和我说过的一个事,"别姑姑"的叫声还有两种,一是"别姑姑姑",第一个音节短促,二、三两个音节悠长,第四个音节短促,类似拖音,没有停顿;另一种声音是"别姑姑—姑",和第一种声音不同的是,在第三个音节后顿一下,第四个音节较低,有点有气无力的感觉。奶奶说,如果听到后面那般叫的话,准会下雨。

每年听到这些声音,我就知道夏候鸟布谷回来了,只是很多年来,未见它的真面目。我时常循声觅其踪影,一旦接近,那声音就会戛然而止。这种拒绝让我感到失落。仅有的一次还是数日前去无锡的马山,我和朋友沿着太湖边闲逛,在一个拐角处的朴树上见到了它的身影:像鸽子,但比鸽子大,身体黑灰色，阳光下翅膀上有像彩虹一样的蓝，尾羽上有白色斑点，虹膜较暗。我拉了拉朋友说，布谷。细微的声音刚落，那只鸟警觉地回了回头，立即迅疾地隐入丛林中。对照书本上的图片，它大概就是四声杜鹃，只是未听见它的叫声，无法确定，也许还是一只鹁鸪呢。

这么写布谷鸟，越写越迷糊，我真不知道布谷鸟是什么样的鸟了。已近傍晚，窗外又响起"别姑姑—姑"的反复叫声，看天色，果真有所转变。如果有雨，我定要把奶奶讲给我的经验讲给孩子听，我的儿时记忆实际是奶奶儿时记忆的延续——我坚信"孩子是杰出的保存者。习俗、传统一旦印入他们的记忆，就变得坚不可摧"（法国作家 J·H. 法布尔《昆虫记》），华夏农谚的珍贵记忆能续写一部分是一部分了。而事实上，布谷鸟的叫声很快就证明了奶奶的话。

苇岸《大地上的事情》里曾有这样精妙的比喻："在鸟类中，如果夜莺能够代表爱情的西方，布谷即是劳作的东方的最好象征。"——在农业中国的东部，在谷雨与芒种之间，数千年来，它以一己之声，为勤劳的人民喊着劳动号子，一翅厚实金黄，一翅挺拔碧绿，书写着麦、稻这两类伟大生命供给的及时交替。

燕　子

　　眉清目秀的苏南平原几乎没有大起大落的地理构造，这柔情缱绻轻盈的燕子甚为贴切：一对恩爱伉俪"颉之颃之"，穿过数千年的时光从《诗经》里翩然飞出，以"双双燕"这样令人艳羡的词牌，映上水墨江南"细雨鱼儿出，微风燕子斜"的素雅纱帘。

　　脑海里浮现出一个清晰的画面：乡村小学，孩子们双手背立，随着幼儿园阿姨踩着老式脚踏风琴的节奏，摇晃着小脑袋一扬一顿地唱着"小燕子，穿花衣，年年春天来这里。我问燕子你为啥来？燕子说，这里的春天最美丽"，接着第二遍。那声音纯净、清爽，如果是三月，你偶尔瞅一眼窗外，两只乖巧伶俐的燕子正柔声细语，呢喃不休，仿佛听懂了儿歌里的对话，沾沾自喜。

　　"燕子来时新社，梨花落后清明。"似乎应于某种召唤，万物此刻赶集似的奔赴一场生命的盛宴。燕子与人就有这样一个约定：秋去春回。当人们开始念叨它们时，耳边便会分明响起那熟悉的声音，抬头一看，它们果真回来了，并致以舒心的问候，人们才充分信赖进行农事活动的物候。乌黑滑亮的燕子多像天空的一双眼睛啊，它们毫不张扬地飞翔，线条简洁柔和却不失妩媚，行云流水间，用尾巴剪裁着春风。

我并不确切知道燕子飞去哪儿过冬了，只知道往南。南方是一个过于辽阔的概念，镶有温暖的色调。燕子之所以"游牧"，并不纯粹是追逐阳光去的，它们喜欢在空中捕食飞虫，边飞边张着嘴优雅地把蚊、蝇之类的小型昆虫迎入嘴里。为此习惯，它们不得不跋山涉水去南方越冬以满足食物的供给。不过燕子有着惊人的记忆力，无论飞多远，它们也能够靠着这份惊人的记忆力返回故乡。"有言燕今年巢在此，明年故复来者。其将逝，剪爪识之，其后来至焉。"晋人傅咸试过，果然。燕子喜欢在农家屋檐下筑窝，有的干脆就将窝垒在堂屋的大梁下。它们衔来泥和草茎，用唾液黏结，半碗型的窝上留有一口一口劳作的艰辛痕迹。窝内铺以细软杂草、羽毛、碎布等。燕子是有灵性的，它们最初敢于与人类共居一室实在是一个冒险的赌注。窝里的雏燕整天"唧唧"叫个不停，有时不时举起的好奇的竹竿，还有"喵喵"不止的贪婪的目光，而大人有效的谎言和呵斥回报了它们的信任。乡下人有时出两天远门，会把窗户和卧室通堂屋的门打开，以便它们喂食儿女。"钩帘归乳燕，穴纸出痴蝇。为鼠常留饭，怜蛾不点灯。"人们的怜悯之心对后三者来说近乎奢望，却唯独赋予了燕子。然后，两只燕子形影不离的温情，伴随繁殖结束，在第一次寒潮到来前带着孩子随群南迁，等到春暖花开的时节再由南方返回出生地生儿育女。

　　写到燕子，我特别想念一个朋友，一个在夜深人静听《白狐》的忧伤女子。她说她非常喜欢燕子，她和燕子的行程也惊人地相似，总在山东滕州和江苏南京之间来来回回：冬去北方，春回南方。每到春天，我就常问她什么时候回来，她说快了。直至三月，我终于听到了她的声音。我和她只是朋友，但不知何故对她藏有一份深深的挂念，每次听到她归来的消息，内心会涌起一股暖流，因为漂泊中充满着未知的变数，我为她和燕子的平安都怀有虔诚的祈福之心。这里，我很想说出她的名字：燕燕燕（姓读平声，叠名读去声）。可是燕燕，你为什么不在南方安居下来生个小燕燕呢？

面对祖屋里残留的泥痕，我未来生活的场景势必陷入想象力匮乏的窘境中。我的孩子可能还会学唱这首儿歌："小燕子，穿花衣，年年春天到这里。我问燕子你为啥来？燕子说，这里的春天最美丽。"这里的春天最美丽吗？孩子肯定没有我小时候唱得投入了，她理解不了这门功课里音乐老师对童年记忆的深情迷恋，我深为惋惜的是他们错过了另一个物种演习亲情教育的生动一幕——当燕子归巢、数张嫩黄的小嘴叽啾着张开时，一送一接的动作里包含着万物最神圣的关键词：哺育。

大　雁

　　这个季节，突然想起了大雁，于是夜半起来去翻孩子的书包。找来找去，一年级语文课本里没有了"秋天到了，一群大雁往南飞，一会儿排成个人字，一会儿排成个一字"，未免有些失落。我已经好久没有写日记的习惯，所以究竟是在多少个秋天之前就再不见大雁从头上飞过也说不出来。未曾想到，一篇储满了记忆的课文也随之消失了。课文的变化倒是很快，添加了一课《给刘洋阿姨的信》。编写组以一个名叫"豆豆"的孩子代表中国孩子问刘洋阿姨，您在天上能不能给家里打电话呢？这一问，真是让我愣住了。

　　"信"的落款：2012年7月15日。这信写得真快，刘洋回到地球上半个多月就写好了。课堂上，我的孩子和他的同学都在扑闪着眼睛读"信"，他们看不见大雁飞了，他们看见人在飞，他们没有记住大雁的样子，记住了一个叫刘洋的人。其间的转换让我接着想起隔夜孩子问我的问题：爸爸，你知道你为什么不会飞吗？我说，我没有翅膀啊。原来，我还是一个对翅膀有所向往的大孩子。说起这些，我只是觉得语文课本中可以加个"刘洋"，但没必要把"大雁"的位置挪掉。

　　看到一位老师为《大雁与鸭子》这堂课的导入所写的教案，我未免有些皱眉头：

老师问：孩子们，你们见过大雁和鸭子吗？谁能说说这两种动物的区别？

学生答：见过。大雁是野生的，飞得高，飞得远；鸭子是家养的，样子胖，飞不起来。

回答设计得很整齐，中国式的整整齐齐。其实作家严文井大概讲的是为什么大雁和鸭子会分别过上了自由和被驯养的生活。并不是我吹毛求疵，大雁叫野鹅，与之相对应的也应该是家鹅，或者生动一点可以讲是小可爱骆宾王"鹅，鹅，鹅，曲项向天歌"的稚嫩童音；鸭子被驯养之前叫野鸭，也就是青年王勃"落霞与孤鹜齐飞，秋水共长天一色"的沧桑感叹。所以，把大雁和鸭子搭起来讲前生今世本身就有点小问题。当然，如果再往远古去推，大伙儿都是远亲。

而且，我觉得还有个问题：老师问有没有见过大雁和鸭子？并且用肯定句来设计好孩子们的回答：见过。可我知道，坐在课堂里的孩子们见过鸭子，大雁却未必了。如果真见过，那也只可能是从书本上或动画片中。

"尺素在鱼肠，寸心凭雁足。"只要把鱼和雁安排在一起的词或句，基本上都与代表美好情感的书信有关，读起来也很感人。可事实上大雁哪有空替人送书信啊？送书信的倒是《大雁与鸭子》里的另一个角色：鸽子。

大凡要拿些事物来说说时，并不是多好的事情。寓意家书的鸿雁，寓意故土的桑梓，我都不太忍心提起，这两样东西离我越来越远。当年"咿呀咿呀"的我尚未到多愁善感的年龄，循声望去，天空真是生动多彩，我幼小的心灵总是被美好的事物和情感填得满满的。我们割草时习惯了雁群飞过，只是抬头望上两眼，并不感到稀罕；若是小飞机在天空拖过一道细长的白线，倒是会久久望着，一直到那白痕慢慢消散。

"目送归鸿，手挥五弦"（嵇康）、"雁引愁心去，山衔好月来"（李白）、"云中谁寄锦书来，雁字回时，月满西楼"（李清照）……无论男的女的，老的少的，吟的唱的，因为多年来大雁在视线里的缺席，我忽然读得索然无味。缘于只有酒的参与，每遇《鸿雁》，分外感慨。若是在酒桌上唱起"酒喝干，再斟满，今夜不醉不还"，那定是喝得再多几个人也会一股脑站起来灌下杯中之物的。若是一个人于家听听时，总忍不住约几个老友出门喝上一场。我还没遇到过另一首有如此奇妙力量的歌。

事隔多年，李清照一句"雁字回时"突然提醒了我，大雁老是南飞的形象，它们总要飞回来吧，不飞回来那就变成一去不复返了。难道是我的记忆出了错？我似乎没见过大雁北归，还是它们飞回时变换了另一条路线？是李清照在盼赵明诚的信盼着盼着有了"雁归"的幻觉，还是她真看见了雁归时那另一幕感人状景？有人说春天的时候看见大雁飞回来，有人说是初夏，反正大雁肯定会飞回老家，那时候西伯利亚的气候转暖了，它们将产卵孵蛋繁衍生息。西伯利亚太广阔了，《快乐的人们》里，就有西伯利亚某村庄的猎人在四五月份看见大雁往北飞，知道春天来了，他们又得为一年开始忙碌和储备。

谁能告诉我你那个地方大雁还在南飞吗？我得带着孩子去看看。和他说过的许多东西，在他眼里变成我在撒谎了。说到撒谎，恰好我去和一些孩子讲童年记忆与写作的关系——我提起大雁，问孩子们见过大雁往南飞吗，好些孩子都说见过。他们的回答出乎我的意料，他们回答问题的样子就像我提到的那位老师设计的教案一样。我知道他们在撒谎，而且这个谎撒得毫无必要，这又能证明什么呢？为什么现在的孩子越来越喜欢撒谎了？因为在场的家长和我同龄，他们回答时反而很诚实，摇着头说，好些年没看见大雁南飞了。我看得出他们的一丝丝失落，在记忆面前，我们时常会失落。

后来我们也慢慢知道了，雁阵的变化充满着生存智慧和家庭温情，头雁扇动翅膀时身后会形成一个低气压区，可以减少空气阻力，其他组员飞行时会相对轻松些；有劲的大雁扑扇翅膀时，翅膀尖扇起一阵风从下面往上面送，会把小雁抬起来，小雁也就不会掉队。它们边飞边叫，相互照顾、呼唤、鼓励。至于一个雁群一般是六只或六只的倍数，小时候倒是没仔细数过，现在想证实一下也少有机会了。平时挺喜欢《本草纲目》的，但看到里面记载雁肉、雁肪、雁血、雁胆可以祛寒气、壮筋骨、益阳气等诸多功效时，觉得特讨厌。

我想，这天空会慢慢变回从前的，蓝蓝的，那些大雁的孩子们也没有忘记家族的记忆。它们一代代像祖先那样从天空飞过，给一代代地上的孩子们看一看，他们就用不着撒谎了。我也搬张小凳子坐在门前，等它们像以前那样从头上飞过，"咿呀咿呀"打着招呼，然后我握着小孙女的手指说，你看，大雁，快去告诉你爸爸，小时候爷爷没有骗他哟。

蛇

河水到了汛期，秧田到了灌溉的日子，加上雨季来临，苏南平原水汪汪的，让北方人看上一眼都觉得可以解渴了。在满满的秧田中，镶嵌着大大小小的沟塘，水面已经和秧田几乎连成了一片。鱼儿们纷纷跃入水渠、田沟，养鱼人拦也拦不住，顶多沿着自家的沟塘围上一道简易的网。这样的日子，跑出来的各种鱼儿成了大伙儿共有的好食物，会捉鱼的和手拙的，他们之间收获的差距可大了。我只能乘着暮色，等伙伴们满载而归后，在田野间捡漏，以免被他们耻笑（其实，被称为野孩子的那群，他们从小的生活就远远比我丰富，到现在他们还在乡村延续着富有野趣的生活）。记得有一年吧，天暗下来了，我在水田里捉到了两三条小鲫鱼。原本打算回去，又看见秧苗一动一动的，以为还可以多捉一条，于是弯腰，双手一合上去，一拎，手感完全不对……随手甩了出去，撒腿往家的方向奔跑。以后，我再也没有去捉鱼。

那条没看清的蛇，留给了我永久的阴影，像那年雨季的傍晚一般灰暗。其实，我并不是很怕蛇，除了大人们从小告诫的巨毒的土鬼蛇（蝮蛇），还有一种就是毒性不大但通体颜色醒目、斑纹耀眼的火赤链。我有时也像其他孩子一样，勇敢地抓起一条水蛇的尾巴，抖上几抖，以免被它缠住，然后甩几下就往远处扔了出去。家乡流传一句谚语，"蛇吃黄鳝——并死"，这个"并"有共同的意思，也有动作"拼"的意思。我跟小伙伴们放过黄鳝，用一根木棒，系上一根莳秧线，线的另一头系上针（缝衣服的大号针），针上穿好肥硕的蚯蚓。傍晚时分，将木棒插在田埂和沟塘边上，把饵抛远点。半夜或清早去收线，如果一拉沉沉的吃了力，那就有收获了。有时收起来后直接扔掉，就是那种恶心的火赤链，不是蛇吃了蚯蚓，而是黄鳝上钩后，蛇去吃黄鳝，从尾巴向头部吞，整条黄鳝吞下后，体型又相仿，黄鳝在蛇的身体里挣扎，使劲蠕动，蛇也就直挺挺地被"并"死了。

我们这儿的蛇种类不多。有毒的除土鬼蛇外，还有一种竹叶青。但这种蛇在我父亲辈已经罕见，我从未见过，所以只能在传说中想象它的模样。此外，只有乌风梢、黄风梢和菜花蛇。其实，乌风梢和黄风梢也只是同一种蛇，叫乌梢蛇，因为背部有一条黄色的纵纹，体背有绿褐、棕褐到棕黑的变化，所以还有地方叫它们青风梢。我觉得它们名字的来由，大概是缘于爬行速度极快，在麦田间甚至发出"嗖嗖"之声。乌梢蛇经常树息，它们的食谱中有蛙类、鼠类，还有鸟类。我曾有次在谷树下钓鱼，听见鸟的一阵慌叫，"扑通"一声掉下来一条硕大的乌风梢，把我着实吓了一跳。

至于菜花蛇，我的记忆颇为深刻。某年某月某日午后，我和同村伙伴赵东去学校路上，一条菜花蛇在菜花地里爬行，我俩追过去。它听到动静,开始狂窜起来往旁边的水沟里钻。菜花蛇体型大,有两米多长,捉那条蛇花了我俩很大力气,简直可以用个动词"拔"了。捉住后,一个高年级的调皮鬼硬是把那蛇抢了过去,据说卖了三块钱。三块钱,在我们十来岁的时候,可是个大数字了,所以我们非常恨他。等我们长大了,那个人因为经常偷别人家的鱼坐牢了。想想也是,连蛇也要从小孩子手里抢去卖掉,免不了会再做些其他坏事吧。

我舅妈那里仿佛盛产蛇的故事,都是很久很久以前了:三舅妈睡觉时,掀开被子,一条蛇蜷缩在被窝里,她受了惊吓,精神上恍惚了很久才好起来;二舅妈说,她看见老屋里的墙壁上伸出半条蛇,还有半条在屋子外,她觉得有灾祸,就去给祖宗上香烧纸了;最离奇的是大舅妈,因为家境殷实,老跟人家说,她掀开米藤能看见有一条苍龙在缸里不停地吐米,永远也吃不完。我以前信,现在不信了,既然吃不完,大舅妈你为什么还种田呢?而且种得比别人家还多。表哥一染上赌习,多少条苍龙都来不及给你吐米了。后来听说,苍龙也是一种家蛇,究竟叫什么蛇我也不知道,有人说是乌梢蛇。

近日对散曲有点兴趣,翻得无名氏一首《虚名》:"蜂针儿尖尖的做不得绣,萤火儿亮亮的点不得油,蛛丝儿密密的上不得篦……"感觉那比喻确实巧妙。有没有关于蛇的呢?翻来找去,也没见把蛇写得多美的,仅什么"蛇缠胡芦"之类的。在我有限的阅读里,就一个叫乔梦符的元人写的《卖花声·悟世》

还有点意思："肝肠百炼炉间铁，富贵三更枕上蝶，功名两字酒中蛇。尖风薄雪，残杯冷炙，掩清灯竹离茅舍。"用了个"杯弓蛇影"的典故，初看还以为用蛇泡了杯药酒——若真是用蛇泡的药酒，我也还是不敢喝的。秋分一到，老伙伴们常打电话来说，蛇肥了，回来尝尝。我说，好好好。其实，蛇肉我也不想吃了。我想的是看看他们的身手还有没有当年敏捷，跟着他们过过以前满是野趣的生活。

以前，看到蛇就会梦见它，多半受了惊，就像小时候走过田埂时冷不防地踩到一条水蛇。写这些文字时，我还时不时地看看书桌下有没有蛇游出来。晚上会不会又要做梦呢？明天再印证吧。

黄鼠狼

  在翻译过来的西方人的书页上,黄鼠狼的名字基本上统一为"黄鼬"。我们吴语地区这边喊"黄狼子",各地喊法不同,我见贾平凹先生写吃烟的人,如同"与黄鼠狼子同舞,黄鼠狼子在洞里,烟一熏就出来了"。

  印象中,黄鼠狼好像觉得自己生来就对不起这个世界,好像找不到一丁点理直气壮地在这个世界上行走的理由。小时候割草,时常见到这头圆颈韧、体长肢短的机灵家伙拖家带口慌慌张张地逃离,霎时隐入另一片草丛中。我也不知道伙伴们哪来那么大的怨恨,拎块砖头就跟着猛追,一股不置它于死地不罢休的愤懑。至于为何如此痛恨黄鼠狼,可能多半因为生鸡蛋给自己吃的老母鸡被它吃掉了吧。我注意过王安忆在《隐居时代》里写过的一个细节,说是一媳妇割猪草时划破了小腿,七日后死了,庄里人传说那媳妇出事之前,夜里上茅房见家门口坐着个黄狼子。明明是因为破伤风,乡下人缺乏医学常识和医治条件,只能把这罪推到黄鼠狼身上,视它为不祥之物。

  庄稼人世代口传,给许多共居一方水土的生灵定下了莫须有的罪名,每每提到黄鼠狼,就一副深恶痛绝、咬牙切齿的样子。我住乡下的时候,常有夜深人静时鸡窝里一阵尖叫、拍翅紧促的声响,那情形莫过于遭遇了极度的恐慌。大人们会连忙起身拿只手电筒去看个究竟。如果是虚惊一场,大人们会说可能是家蛇游过吓着了它们;如果看见有鸡被咬死了或少鸡了,无疑来一句"黄狼子干的"。坦白说,我自小至今没觉得黄鼠狼可爱过(它有放恶臭之屁的怪癖),但也不多么讨厌它们。我就想一个问题,这鸡和鸭都关在院子里,鸭从来安然无事,黄鼠狼不至于这么挑食吧?我的怀疑对象还有野猫和偷鸡摸狗的人。比如也没听见动静,第二天照样发现少了两只鸡,这事也就人干得出来。那时乡下后院的门没大门结实,取木材也不怎么讲究,装一个小插销或用把锄头柄顶一下,还真能关得住馋嘴的二流子?

"我们终于要写到在所有消灭田鼠的能手当中那最大的能手了。在一个黄鼬的冬天洞穴里我发现了田鼠达二十七只之多。"杰克·迈纳尔在《我与飞鸟》一书中专门有一个章节写黄鼠狼,开头便不乏赞誉的口吻,还挺看得起它们的。当这些被他称作为"小流氓"的家伙后来被发现是疯狂偷吃他辛苦孵化的幼雏的不知廉耻之徒后,他开始监视,愤怒,制造陷阱,千方百计地琢磨最佳捕杀它们的方法。看来一旦侵害到个人利益的话,那就太伤感情了,哪怕不顾一切,置之于死地。

有个数据说六十年代的国际贸易中,十二张黄鼠狼皮可以换取一吨汽油,二十五张就可以换到一吨钢材。四五十年前的换算等式暂且不去考证,要真如此的话,无非说明两个问题:黄鼠狼的皮有点值钱;汽油和钢材相对廉价了点。这个数据倒也唤回我八十年代的一些记忆：大人们制作的夹弓我不晓得什么样子了，但黄鼠狼的颈部被夹住时拼命挣扎的一幕还是那么鲜活，这夹弓并没有布置在鸡窝附近，而是设在黄鼠狼经常出没的地方。我家后门口以前还有一块薄石磨，大人们常用一根木棍支起它并形成一个尽可能大的空间，其间有个技巧，木棍虽撑起了石磨，但经不起太大力道的拖动，而这木棍与石磨之间就悬挂着诱饵，于是被石磨压住的主要有以下动物：狗、野猫和黄鼠狼。那时的乡村屋檐下也就有了这样的"饰物"：用两根交叉的竹篾支住黄鼠狼皮的主要部位，张开，在烈日下曝晒。收毛皮的人隔段时间就穿村走巷来取走。在我想不通这黄鼠狼的皮毛有谁青睐的今日，问及奶奶，她只说是外国人要的。她当然不懂得"国际贸易"这样复杂的词汇。

五十多年过去了，我信了那个换算等式，工业革命这趟嚣张的列车砸疼了我脚下的土地，它用短短的一个世纪就把大地砸出血来，不可再生能源的紧缺使人类变得焦虑是必然的，因为我们早已离不开另一种生活。五十多年后的今天，这个换算公式还能成立吗？也许吧。如果我给你一吨汽油，你还能驾车在用完这一吨汽油前找到十二只黄鼠狼吗？虽然我身后是越来越小、越来越寂寞的田野了，但我有必要在此为这以老鼠为主食的动物辟谣：生物学家对全国十一个省市的五千只黄鼠狼进行解剖，由胃里剩的残骸鉴定，其中只有两只黄鼠狼吃了鸡。

可是，我又该如何评述杰克·迈纳尔——这位加拿大博物学家、鸟类学家、自然保护工作者因为幼雉而对黄鼠狼进行长期观察的结果呢？我只能如此解释：地点毕竟是加拿大，他偏爱的终归还是鸟。

蟋 蟀

少时习诗，喜欢动不动就用个词"跫音"。好像那种声音特迷人、特好听，还有个踽踽独行的影子，拖了一条忧伤的尾巴。现在想来，只是年少时的多愁善感罢了。后知，"跫"指的是蟋蟀，比如"吟跫"。也可以指蝗虫，"飞跫满野"的场面够大了吧，那响声大概有"呼啸"之势，可想想满目疮痍的田野，庄稼人颗粒无收的绝望，真是糟糕的事。"食心曰螟，食叶曰䗩，食根曰蟊，食节曰贼。"《尔雅》还把蝗虫细分为螟、䗩、蟊、贼四种吃庄稼的害虫。

乡下的鸣虫，老分不清的一般有蛐蛐、蝈蝈和蚱蜢。我没有法布尔那样投入的热爱，把蝗虫、蝈蝈、蟋蟀的成长、繁育、角逐生活观察得细致入微；更没有他那双耐心的眼睛，"绿蝈蝈猛扑上去，将蝉拦腰而断，开膛破肚，一掏而空"。我以为这些虫儿只是饿了吃点嫩叶，渴了喝点露水，其他时间就没有烦扰地唱着。

蛐蛐就是蟋蟀，我们那儿不这么喊，这么个写法也是后来念过书的孩子才知晓的，到了蒲松龄那儿还叫促织。蝈蝈属于蝗虫的一种，名声没有蛐蛐好。至于蚱蜢，我经常把它和蚂蚱搞混，提起来耳边就响起山东口音"蚂蚱可好吃了"。我以为只有中国人吃虫子，我以为只有中国的山东人吃虫子，没想到，美国安大略湖的农场就饲养了 3000 万只蟋蟀和 2000 万只面包虫，农场每个月要运出大约 8000 磅（约合 3.63 吨）的蟋蟀用于制作食品，这些蟋蟀最终变成了面粉、能量棒和小零食。美国的孩子像中国的孩子举着棒棒糖一样舔着蟋蟀。

汪曾祺的《黄油烙饼》中写到奶奶死后，萧胜被爸爸接过去住，他"想奶奶，想那棵歪脖柳树，想小三家的一对大白鹅，想蜻蜓，想蝈蝈，想挂大扁飞起来格格地响，露出绿色硬翅膀底下的桃红色的翅膜"。挂大扁就是蚱蜢，体瘦长，绿色，头细而尖，捉住它大腿后上身会上下摆动。再看它的学名"中华剑角蝗"，显然也是蝗虫的一种。

小小的乡野角落，居住了昆虫的大家族，像我们一样，有堂兄堂弟、表兄表弟。没有一定的博物学知识，怕是难以一一厘清。不像螳螂和蟑螂，单从它们的长相就十分容易分辨。

蟋蟀褐灰色，并不多好看，不知何故，比其他虫儿多参与了人类的生活，故事也就多了。"就是那一只蟋蟀/在《豳风·七月》里唱过/在《唐风·蟋蟀》里唱过/在《古诗十九首》里唱过/在花木兰的织机旁唱过。"中国的蟋蟀文化足以写一本厚厚的大书。"蟋蟀在堂，岁聿其莫……蟋蟀在堂，岁聿其逝。"蟋蟀躲进屋后，天气就变凉了。以前，"秋"不指季节，指的是蟋蟀。"秋"字的甲骨文字形中，就是一只有触须的蟋蟀。以前，我以为纺织娘就是蟋蟀。耳边又响起童年的夏夜。"奶奶，那是什么虫在叫？""纺织娘。""它在草丛里织布吗？"奶奶没有回应。大人总爱哄小孩，往往有的问题他们又答不上来。

那么问题真来了。我很不想再提那段"五月斯螽动股，六月莎鸡振羽。七月在野，八月在宇，九月在户，十月蟋蟀，入我床下"，一说起头就大，可又不得不提。简单说，斯螽就是蝗虫类，莎鸡即纺织娘，也叫蝈蝈，是中型的斯螽，它们的亲缘关系比较近，与蟋蟀略远些。而大多数蝗虫类又可以叫蚂蚱。李白的"天秋木叶下，月冷莎鸡悲"也好，李贺的"谁能事素贞，卧听莎鸡泣"也罢，都有了秋悲之感。我总觉得他们也许弄错了，把蟋蟀当作了莎鸡。七月在田野，八月到檐下，九月入屋来，说的不是莎鸡，而是蟋蟀的行踪，所以十月已经在床下叫了。想想当年的瓦房，确有蟋蟀在窗外叫着，有几只跑屋里的，一会儿在灶间叫着，一会儿到床下叫着，让人心烦，恨不得找出来踩死。尤其是灶间的，几乎被奶奶的扫帚扑碎，一只虫子在做饭的地方跳来跳去，总觉着不干净。

麦浪起伏的五月，我的"合唱团"就有"蟋蟀拉琴，青蛙击鼓/水蛇扭腰舞碎水上的月亮"。写是这么写，我倒真没觉得蟋蟀叫有多好听，更想不通还会有贾似道这样的大人物玩虫误国，却写了本很专业的《促织经》。《负暄杂录》有"斗蛩之戏，始于天宝。长安富人刻象牙笼蓄之，以万金付之一斗"。蟋蟀的名声是大唐时捧起来的，于是有了蟋蟀丞相贾似道、蟋蟀皇帝朱瞻基。至于黄庭坚说蟋蟀的"五德"，那是没甚道理的。蒲松龄的《促织》里有一只"巨身修尾，青项金翅"的蟋蟀，成名好不容易逮到这样一只可以像交税一样等待进贡的极品，却被淘气的儿子弄跑了。儿子害怕离开了家，最后家人在井里找到了他的尸体。一只蟋蟀搞得一户人家"夫妻向隅，茅舍无烟"。悲凄的夫妇准备埋儿子时，却发现他还有微弱的呼吸。《聊斋志异》的特性来了，成名听到了屋外的蟋蟀声，就去找啊找啊，却是一只又小又黑的低劣品种。突然，"壁上小虫，忽跃入衿袖间"，亲昵得像个孩子。那蟋蟀梅花形的翅膀、四方形的脑袋、长长的大腿，不仅斗败了人家骁勇的"蟹壳青"，甚至连公鸡也被它左右捉弄。这只蟋蟀为成名重新赢得了美好的生活。一年多以后，成名的儿子复活了过来，说自己变成了一只蟋蟀。宛如一个孩子的梦，生活却比梦还真实。

此刻，另一个离家出走的孩子正逃过警察的管束，撒着欢儿穿过一片片田野和草地，疯了似的飞奔着，越过荆棘林和灌木丛，跨过小溪和池塘。他为成功逃跑到家无比开心。耳边却响起一个声音："□……□……□！"那是一只在屋子里待了一百多年的老蟋蟀。老蟋蟀对孩子说，不听家长的话离家出走的小孩子们可要倒大霉，等他们长大了一定会非常后悔。孩子说，随你说去吧，小蛐蛐儿，我要是不走，所有男孩女孩们的经历都要落在我头上。要被送去学校，不管愿不愿意都得学习功课。我讨厌学习，追蝴蝶啊爬树啊掏鸟窝啊这些，可比学习好玩多了。蟋蟀像个睿智的老哲学家，反复劝告孩子要学一门手艺，但最终令孩子失去了耐心："这世上只有一样手艺最适合我，那就是吃、喝、睡、玩，还有从早到晚东游西逛的手艺。""那些耍这门手艺的人，最后要么进了病房，要么进了牢房。"经过这样一段对话，孩子气急败坏地拎起板凳上的锤子，照着说话的蟋蟀用尽全力扔了过去，直接砸中了它的脑袋。可怜的蟋蟀发出最后几声微弱的"□……□……□"，从墙上掉落下来，死了。这个坏脾气的意大利孩子是谁？大家都知道了吧，匹诺曹。

想想，有时候未必要把它们分得太清楚。法布尔听到意大利蟋蟀的歌声是"各哩——依——依，各哩——依——依"，我的蟋蟀依然躲在童年的角落唱着"□，□，……□，□"。无论是他的西方小提琴，还是我的东方口哨，它们都恬静平和地为我们吟唱祝福的经文。我和法布尔一样，觉得"在人类出现之前，它们就已经在这星球上歌唱；在人类消失之后，它们仍将继续歌唱，欢庆亘古不变的事物，歌颂太阳炽热的光辉"。

辑丙：人物

农　民

在我活着的亲人中，奶奶是唯一的纯粹的农民。她没有读过书，一辈子也不会写自己的名字，好像一辈子也没用得着自己写名字。第一次别人写在了纸上，最后一次别人刻在了石头上。我曾经这样写过她："我的祖母，这个没裹小脚的老太婆/听不懂普通话喊她的名字/曾颠倒着我的教科书，绕过父亲的屁股/把隔了二十年的巴掌重重落下。"我并没有对她怀有一丝的不敬，而是对这个连自己名字都不认识的人充满了无限敬意，没有她无怨的付出，就没有我们在家族谱系里的光荣。我觉得她是会写字的，她用脚印在土地上写字，那字的厚实和美丽，远远胜过我所有习得的东方书写。

在乡下，只剩我奶奶一个人住在那里，只有她不愿意离开那个在我看来再没有什么值得留恋的地方。那里真的没什么了，除了阳光、雨水和天气，我想她离不开的大概是她的耕作记忆。离开这些记忆，她无法适应其他的生活。在她眼里，昔日平原上生态系统的繁荣仿佛还没有变成过去时：稻草、麦秸烧成的灶膛灰正扒入簸箕，铺向潮湿的羊圈，羊吃剩的草料和粪便组成了农业中国原始的绿肥，喂养着麦地和水稻田，

奶奶似乎看不见那些崭新的"补丁"，越来越多的补丁把以前的部分衬托得看起来更像补丁，她看见的是乡村这件衣服上

最后的布料：自留地（乡土中国的特色名字，基本以小块地为主，用以种植瓜果蔬菜自给），奶奶很满足于这个国家曾经给她的劳作的分配方式。自留地虽然在屋子外面，好像也在屋子里面，她觉得这地就是她的。她还在这块比我童年的七巧板大不了多少的土地上继续播种子，收获着四季的蔬菜，这件事比和儿孙生活在一起更重要。如果还有其他留下来的原因的话，就是我爷爷去世的时候，她在自留地里撇了几平方米出来，除了为子孙的拜祭留下一些清晰而宽敞的线索外，她顺便提前在爷爷的右侧安顿好了，她觉得那里就是她的归宿。

每年撕下月历的第十一张，一年又剩得空荡荡的了。每年的空荡荡依然在一个简单却又粗暴的"拆"字动作里，刈断着生殖，长高的是那些银行、医院、写字楼……奔流不息的长江两岸，对称地长满了中国农民无可奈何的表情，我见过无数张，其实就是同一张，那是奶奶衰弱的脸。无论是那只独来独往的翠鸟，还是群居的麻雀，我总能看见被风吹得凌乱的羽毛，看见它们眼睛里弥漫的在故土之地不该出现的旅人般的仆仆风尘，以及基本生存的艰辛里所失去的从容。关于我的母土，八十年代开始有了记忆的我有幸经历了二十年间病变般分娩的疼痛，这也可以说是某种不幸。我仿佛目睹着无辜的生母忍受着这个国家多年前的一种律法：凌迟。

奶奶，你只是一个农民，在我活着的亲人中唯一的纯粹的农民，你知道土地病了吗？土地喊疼，野花梦见了它的尖叫。

土地病了，没有看病的诊所，没有看病的好大夫。土地究竟生了什么病？奶奶，你以前老给我讲故事，让我明白做人的道理。我也想给你讲个故事，让你明白土地生病的道理。我想啊想，想起从前有个皇帝，是梁孝元皇帝，他写了一本书，那书的名字叫《金楼子》，书里有个故事：楚富者，牧羊九十九而愿百，尝访邑里故人，其邻人贫有一羊者，富拜之曰："吾羊九十九，今君之一盈成我百，则牧数足矣。"奶奶，如果你想想这个时代，把故事里的羊换成土，你想想，是否能知道土地生了什么病？我想来想去，你还是不会明白的。

奶奶，你看你没出息的孙子，用这么文绉绉的话，欺负没读过书的你。所以，我只能说"跟随你咳嗽的，还有那两只/大个子的喜鹊/奶奶，它们是孝顺的子孙/我们都变成了客人"，它们永远爱你和你身后曾经的田野，那种力量让我逼视自己时感到这些年使用汉语的羞愧。

木 匠

村里有好几个木匠，爷爷是其中的一个，也是最好的一个。农忙之余有门好手艺的匠人会过得略微体面些。

爷爷去世前，给我打过一张书桌，一张西式的床。我搬过两次家都带着。那是爷爷的手艺，他选材用的也是亲手栽下的树，那些树都看着我长大过。这两件精致的立体结构摆在身边，还有爷爷结实的气息和相关的许多时光。

爷爷给我打这两样东西的时候，有十多年没做木匠了。他也算是个做大事的人，没怎么摸索就办起了家乡第一个窑场，雇了一些人烧制砖和瓦。等人家眼红也办窑场时，他居然放弃了窑场生意，浇制水泥楼板。爷爷是二十世纪最后一年去世的，最后二十年，苏南民居的步步变化都在他的意识中。所以我踏入故乡，一路经过的楼房和少数的平房，几乎都有爷爷的影子。六十多岁去世的爷爷如果活着，说不准还能干更多的大事。

爷爷起初怕手艺生疏了，不愿再碰木匠活——他是个倔强的人，他不想打出让别的木匠笑话的什件。爷爷虽然大大咧咧，但在手艺方面是个完美主义者，这点像"木匠皇帝"朱由校。可爷爷拗不过我，最终还是戴起了老花眼镜……砍树、勾槲、下料，木刨飞花。这个老木匠眯眼点头欣赏了一下最后完成的两件作品，就病了。

爷爷的酒量很大,我就没有见他醉过,父亲也说仅见过一次。爷爷在世的时候,我还不太会喝酒,也没能陪爷爷好好喝顿酒。奶奶老唠叨的一句是,老头子没福啊,孙儿孙女的喜酒一个都没喝上。这个木匠的妻子不愿住在儿子家里,也不愿住在孙子家里,她依然睡在爷爷打的老中式床上。她经常擦拭着爷爷的相框,把爷爷的微笑擦得那么洁净。

我很少想起爷爷,那个坏脾气的老头。除了冬至和清明回家祭祖时,母亲总让我给供桌上摆给爷爷的那只碗斟点酒。爷爷去世后可能戒酒了,我每次给他斟的酒一口也不见少。爷爷下酒的菜最喜欢油炸过的鳑鲏,供桌上却再也没有这道菜,爷爷就不想喝酒了。鳑鲏是村庄边河流的眼睛,眼睛没有了,河流也就干枯了。爷爷,就是那枯河边冰凉又孤独的长方形。那个长方形是另一个木匠的手艺,他睡在里面,不知道是否舒适。换爷爷的脾气,他更满意自己的手艺,他说过,他才是最好的木匠。

有年梅雨季节,我看着书桌和床,就想给爷爷写信:"我娶妻了,妹妹出嫁了/奶奶老得快留不住了/我很想告诉威严的他/我是多么仇恨时间/它逼迫我成为一种寄托/在坚强的父亲心中/变得越来越强大。"(《写在梅雨季节》)

女　红

祖屋里有一架老掉了牙的纺车，积满厚实的灰尘和蛛网，说是太婆当年的陪嫁。我想，这架纺车和旧衣橱里的粗布衬衣、床单有着血缘关系。母亲好多次想扔掉这些占地方的衣物，我老听父亲说，粗布衬衣看起来粗糙，却是纯棉的，穿在身上舒适。虽然他自己很多年没穿过这些衣服，一个"纯"字包含的情感比发音要弥足珍贵。

面对这些老想扔掉转个身又不舍得扔掉的纪念品，我的脑子会流畅地闪过这些画面：奶奶在自留地里种植棉花，采摘剥壳，蓬絮纺纱，纺锤在纺车上随着她手脚默契又熟练的节奏飞梭，剪裁，昏暗的洋油灯旁一针一线缝制好暖和丈夫和儿女们的贴心之物。这种人间恒温，萌生着小农经济时代自给自足的中国母亲的艺术。

这些画面只是我阅读材料后的逻辑想象，我出生时奶奶就不再使用这架纺车了。我所见的真实时光浓缩在母亲的一只针线匾里：盛满各类针线，古董般的纽扣，针箍，由旧报纸、奖状、年画等纸质品剪成的大大小小的鞋样，让我感觉我的脚就是在这个小小的针线匾里诞生、长大的。我记得母亲擅长织毛衣、做布鞋、缝衣服，这当然也是南方母亲普遍的手艺。农忙之余的午后，她们围在屋檐下，家长里短，说说笑笑，左手握紧慢慢厚实的鞋底，右手的大拇指和食指捏住针在刘海间拨一下扎一针，用中指上的针箍顶一下，从鞋底由里到外抽出才算是一针一线。看似漫不经心间，鞋底已纳得很结实，母亲们的心里很亮堂，儿女要走的路很长。

我老弄不懂，为什么每一针都要在刘海间拨一下呢？我以为是习惯，母亲说是磨针。她的头发是磨刀石吗？我也不想弄懂，这也许是不该去深究的科学和物理知识。我只知道那小小的针尖亮闪闪的，有柔和的光芒，就像多年后，母亲戴着老花眼镜老穿不了线时让我帮忙，我对着光，发现那个针眼真的太小，那个针眼里的世界却很大，大得可以让我一下子领悟"一粥一饭，当思来处不易；半丝半缕，恒念物力维艰"。

那只针线匾一直陪在母亲身边，比我年龄还大。那只针线匾始终没长大，我却长大了很多，想法也越来越多，但它陪伴母亲的时间却远远比我长。在亲情面前，我的想法再大也没有它的想法大。而今母亲一有空，还在做大大小小的棉鞋，我的、妻子的、孩子的，对于冬天，她永远保持着一种牵挂和担忧。我问母亲做这么多鞋子干吗，都堆满一个柜子了。母亲说，还能做得动就多做些，以后不在了，你们还能有的穿。我转过身，眼泪哗啦一下涌出来，涨潮般漫过那个针眼的大海。

读到一段顾乡写顾城的深情文字，"顾城是我的弟弟。我有弟弟，这已经是过去的事了。过去十五年了。十五年回首是不堪的。再往前是有弟弟的时光"。想起母亲也姓顾，想起这也是每一个儿子都躲不开的魔术方程:"顾素琴是我的母亲。我有母亲,这已经是过去的事了……"我也是诗人,但我无法想象母亲离我而去后的时光,无论我长多大变多老,也只是一个没有了母亲的孩子,那么无助地望着星空,怀念着母亲纳鞋底的时光,那么微笑着泪流满面。

母亲还活着。当她边做鞋子边说以后没人给我们做鞋子时,我仿佛看见女红——这一中国母亲的艺术变成了宣纸上慢慢消失的淡墨,而一根新垂的蛛丝在阳光下亮晶晶的,很好看,像母亲还在用的针线。

画　师

　　我有个小学同学的父亲，总是骑着辆"永久"牌老爷自行车，风风火火地穿梭在乡村间。他是个画像的，除了戴了副眼镜，没有其他装束和搞艺术的相近。他的自行车后座上，挂着一幅常年不变的脸，可能是他一生中最得意的作品，可以用来做招牌，于是也不知道哪家的父亲真够倒霉的，死了也要陪着活人四处颠簸。

　　画师姓吕，吕字两张嘴，可他好像不太爱说话，一声不响地骑着自行车晃悠着，谁家召唤他停了他就去谁家。把那幅得意之作取下，摆在主人家面前。画师顶多就算有点画画的功底，根本不需要天赋和灵感，画得久了，人也像一部印刷机器。主人家的老人如果尚在，也许知道不久于人世，趁脸色还算有点生机，就提前叫画师给自己画幅像留给子孙纪念。不要到眼睛都睁不开了再找人来画像，就来不及了。这种老人，实在没办法，只能找来个照相的师傅，硬撑着坐起来，竭力把眼睛睁大些，按个快门，等相片洗出来后再找画师来画。因为那时候，小镇的照相馆相片能放大的尺寸是有限的，而过世老人的像要有足够大的尺寸才够挂在堂屋的墙壁上，以至子孙能看得清、记得住。

　　我见过那画师画像。画活人时，像是像，也就七成像。如

旧雨

果对着相片画,他有自己的一套,将相片打成均匀的方格子,在画像纸上打好数量相同的方格子,格子按比例放大。之后用木炭笔将相片里小格子部分的内容一点点往画像纸的大格子里对应着"挪",挪着挪着有九成像了。如果主人家因过世老人的像受潮后模糊了想重新画一张清晰的,他会像背诵旧作般画得一模一样。

可哪能一模一样呢?当年他画活人时就有了三分的偏差,重新画也还是活人的七成像。可一模一样有那么重要吗?死去的人不过是个普通的人,留个大概的样子给后人想想而已,而有些后人出生时就没见过这个祖宗,连份想念的情感都没有,甚至连这个祖宗的名字也只知道个谐音,除了姓不会错外,名字具体对应的汉字都无法肯定了。祠堂倒了,家谱都没了。

画师怎么可能比照相机更能真实地记录人类的影像呢?按一下快门,你想不像都不行,眉毛和胡子都少不了一根。画师们退出了历史的舞台,那些没有照过相的画像只能留在堂屋的墙壁上慢慢黯淡下去,笑脸也好,苦脸也罢,都会发霉。

吕画师画过乡村里无数张脸,那些曾经的木匠、屠夫、媒婆、裁缝……画来画去,画了父亲和母亲,男人和女人。他死的时候没有人给他画像了,家人用相机"咔嚓"按了下,放大,印好,往墙壁上一挂。在死的正面,在活的反面。

猎 人

　　平原上几乎看不见猎人的影子了。平原上的猎人原本就很少，在以耕作为主的土地上，渔与猎属于少数的行为。我想，如果我出生在山林里，摘不到野果，采不到蘑菇，也没有种子，我会不会是一个猎人呢？答案是肯定的，我大概在皑皑白雪里追踪着脚印，满脑子想着妻儿丰盛的晚餐。而我出生在太湖平原，那里田野肥沃，粮食富足，我和猎人这样的身份产生不了必然的联系。

　　从前，我并不觉得"猎"有多么地粗暴。一个人和一条狗，因为谋生而充满温情地聚拢在一起。他们在乡间行走，兼含着两个物种间的依附与信任。那时候，我盼望着每天都能碰到猎人，看着他举枪、瞄准，"砰"的一声，默契的猎狗也"噌"的一声射出一道抛物线，将猎物衔回。

　　猎狗衔回一只野鸡或一只野兔，有时候只是天空中坠落下来的一只个子不大的鸟。猎人取下猎物塞进挂篓时，不忘轻拍两下猎狗的脑袋。猎狗总是欢喜地摇几下尾巴，继续跟着猎人在乡间转悠。我觉得我那时和猎狗很像，那猎人就像乡村小学的语文老师。我常央求猎人让我看看他挂篓里装了多少东西，他会微笑着轻拍两下我的头，将挂篓摘下，翻转过来倒在地上，满足我的好奇心，然后重新装进去。猎人一般允许我跟着他走一段路，看看接下来的收获。乡间的麦浪里怎么会藏着那么多美丽的小动物呢？没有猎人，我总是看不见，好像是猎人来之前刚刚搬进来的。

于是，我成了梦想有把猎枪的孩子，因为再和善的猎人也从来不允许我摸他那把枪。阿克萨科夫在《渔猎笔记》中写过："有些农家子弟每遇猫狗，不是用脚踢，就是用石头棍棒揍，从不轻易放过它们；而另一些农家子弟则相反，他们常常保护可怜的动物免遭自己的同伴虐待；他们抚摸着小动物，与它们分享自己并不丰盛的食物。这后一类的孩子一定会成为某种猎事的猎人。"他的对比性描述和肯定语气让我有些疑惑，我正是他所描述的后一类孩子，不仅从未摸过猎枪，长大后更对猎人满怀敌意。可我也很奇怪曾经的小小心灵，为何看着一个猎人打猎的情景会比猎人更忘情呢？

猎人是从远方来的。平原上没有大型动物，所以猎人的挂篓不大，猎物也大多数到附近的集市上卖掉，换取渔民和农民的收成，和平原上的劳作气息相似。猎人不是狩猎者，狩猎好像遛鸟一样，有悠闲气和贵族气。比如非洲日益兴起的狩猎场，可以花钱去买猎杀犀牛、大水牛、羚羊、河马、长颈鹿、斑马、鸵鸟等动物的乐趣和它们的遗体。

也许食肉动物都有占有领地的天性，从我最远古的祖先开始，不得不与流血有关。我的祖先曾经是那么地勇敢，在猎杀和被猎杀间，他们顽强地存活下来，并一口气接一口气地生下我们，直到我们变成主宰者。在强大的本能、信念背后，我看见了《吴越春秋》所载《弹歌》"断竹，续竹；飞土，逐宍"的娱乐情趣和一代又一代人心灵的衰弱。

我时常会梦见那些猎人，梦见他们机警又舒缓的脚步和猎狗奔跑的速度。而这究竟是怎样的一种速度呢？"我想起，在乡下/猎人和一只鸟的对峙/那只鸟死了/那个猎人也死了/这期间也就/间隔二十年。"于是我给见过的猎人虚构了一次复活，在二十年后的暮色中，他和他的狗仿佛生了鼻炎，嗅不到一丝猎物的气息。在没有乡野的土地上，他一无所获；对于他的一无所获，我不知道该感到快乐还是难过。

叫花子

　　印象中，以前的叫花子都是从西面、北面来的。日头落山的时候，他左手拧紧一只搭在背后的蛇皮袋，右手托着个破碗，蓬头垢面地出现在你家门口。

　　我分明看见他在不远处的池塘边蹲下身来，双手并拢掬了几捧清凉的水解了下渴，为何不随手洗把脸呢？所以我怀疑，他有点儿有意，他脸上甚至抹了些屋旁韭菜地上的草木灰。

　　落日却那么干净，如他随身别着的故乡。

　　他的碗永远不是完整的那种，破也破不到哪儿去，有个小豁口——一只好碗看起来不太适合要饭。

　　有时，他一只裤管放好，一只裤管卷到膝盖上面，大腿上露出几个红肿的脓疮，还有苍蝇在围着飞。

　　乡下的草狗似乎天生认得这一类脸。脚步声还未到，它们的耳朵已经竖了起来，等身影接近，它们先吠了几下，待到他们立在了门前，狗儿们上蹿下跳的，恨不得咬碎了跟前的叫花子。

　　这些陌生人从来没见过它们，也未伤害过它们。顶多遇着叫得特凶的狗，会扬几下手里的竹竿吓吓它们。一个村子里的狗，却都是这副德性。

　　倒是主人家都会呵斥住各自的狗，一点也不吝啬地转身去囤积谷物的房间，盛好半小升箩米倒入叫花子缓缓解开的蛇皮袋口。这个空当，狗会蹲在堂屋门口，盯住叫花子。

若那天恰好已做好晚饭，主人家会装碗热气腾腾的米饭，夹上几筷蔬菜，再倒入叫花子伸过来的碗里。但即便那天真烧了碗肉，主人家也不会舍得夹块给叫花子。

后来想想，叫花子为什么大多在黄昏时分上门要饭，原来炊烟在哪儿都是暖人心的。

叫花子会满怀感激地鞠个躬，完全不像现在的叫花子，长着理所当然的样子，少给了他钱，他还给你一个瞧不起的眼神。我见过很多很多次，一个施舍者与一个行乞者之间的争执。

那时的叫花子，若不是遇到灾荒、疟疾，或者在故土实在找不到活下去的办法，谁会背井离乡干个要饭的行当？他们从北面来，可能就像艾青所写："在北方，乞丐用固执的眼，凝视着你，看你在吃任何食物，和你用指甲剔牙的样子。"那时的叫花子，神情中还藏了古老的中国式羞涩，讨要点口粮，仅为填饱肚子。

叫花子要饭要到哪家，一般不用说什么，那户人家就会立马放下手中的活计，把谷物盛给他，每户一点点，足可以帮衬一个人或一家人多一段美好的时光。也会难得碰上抠门的人家，叫花子会低声嘟哝几句"给点吧，行行好，给点吧"。要是这样人家还是翻白眼，一副嫌弃的样儿，叫花子会默默地离开。

我知道的第一个有名字的中国叫花子叫洪七公。

我知道的第一个有名字的外国叫花子叫卢什科夫，是个俄国人：

"先生，发发慈悲吧，关照一下我这个饥饿的、不幸的人吧。我已三天没有吃饭了……我连过夜的五戈比都没有。我敢向上帝发誓，我说的全是实话！"他住在1887年的契诃夫的笔下，醉醺醺的眼睛，两颊上还有红斑点，一会儿骗人是失业了的职龄八年的乡村教师，一会儿骗人是被学校开除了的大学生，但他穿了一只高勒的、另一只则是矮勒的套鞋，被律师斯克沃尔佐夫认了出来，并戳破了他的谎言。

不说酒好坏吧，一个叫花子能有酒喝喝，还能喝到醉醺醺的，说明日子还是不错的。要是下酒菜还是只腹中填满佐料、一张荷叶包裹好、煨烤的泥巴上加了黄酒的"叫花鸡"，我也会爱上那金黄闪亮、鲜嫩酥烂的生活。

老鸦飞过。叫花子向东，向南。背上的蛇皮袋在异乡人一小拳头一小拳头的施舍下，慢慢鼓起来。他或许正惦记着落脚在某个破败角落里的年事已高的母亲，生病的妻儿。他的肚子已饿得咕噜咕噜叫，于是他加快了脚步。我的老家有"叫花子不留隔夜食——一顿光"的说法，这说法过了，我看倒像说的是那些赌鬼。

在破碗换成"支付宝"和"微信"的年月，在长满了二维码的脸的世界，我怀念流经村庄的朴素与诚实。

赤脚医生

　　见到一本五十年前的旧书，红封皮，很革命的色彩。封面上是个胸口别了毛主席像、手握红宝书的女青年，右肩挎了只印有"红十字"标志的箱子。女青年穿着布鞋，卷着裤管，背着顶大草帽，脸上的笑容十分灿烂，牙齿都露出来了。尤其是她轮廓分明的小腿肚，看起来结实得快放不下裤管了，真有点脚下生风的样子。书名：赤脚医生手册。

　　赤脚医生我认识两个，一个姓杨，一个姓夏。

　　杨医生好像一直在外婆家周围那几个小村子转悠；夏医生我记得清楚，就在我们村附近来来回回。我年幼时，两位医生都已是胡子拉碴的中年人了，面孔黝黑黝黑的。他们挎着药箱，戴着草帽，穿梭于乡间的小路、田埂上。至于平时有没有赤脚走路，好像没有，除非雨季来了，河水到了汛期，乡野间的水位漫过浅帮套鞋，他们会打好裤卷，脱下鞋子拎在手里，左陷一脚右滑一脚地去给乡邻看病。

　　他们看起来就像上课铃响前及时赶去学校的好学生。

　　不看病的时候，赤脚医生也有自家的农活，耥田、莳秧什么的也会光了脚。医生也没用，蚂蟥、水蛇照样不怕他们。我见过夏医生从腿上将一只蚂蟥拧、剥下来，少许的血渗入浑浊的泥水中。我还见过他被水蛇咬了，恨恨地拎起水蛇的尾巴抖几下甩出去老远。我们那只有蝮蛇有毒，水蛇咬了仅一个红斑点或小水泡，他用拇指和食指的指甲掐了掐，就把水泡挤掉了，连药箱里的针都没派上用场。

我见过那药箱，和我的文具盒一般简陋：装有几片普通药片的瓶子、几块纱布、一支针筒和一个听诊器。可无论是夏医生还是杨医生，我的奶奶和外婆都很是敬重他们。他们像梅雨时节的阳光，总是微笑着，温和地喊着她们"阿婶，没事"，取出那支粗大的扎过许多屁股的针筒，挤出几滴药水排掉空气，外婆或奶奶努努嘴"喔呦"一声，针筒已拔了出来。赤脚医生用棉团按住扎针处轻轻揉几下，"阿婶，我明早再来看你啊"，他们收拾好药箱又得去给另一家看病了。

我出生于二十世纪七十年代末，没找赤脚医生看过病。我妈说，我几个月大时得过肺炎，在公社卫生院住了下来。后来很少生病，长大后牙齿坏了，也去看了专门的牙科。像外婆和奶奶这样的人，还是觉得杨医生、夏医生才是离得最近的老朋友，她们习惯了那几片药、几块纱布、那只听诊器以及那支像极了老黄牙的针筒。

我差不多快忘掉夏医生和杨医生了。这两年，家中变故多。妈妈的深度骨折，想来不是赤脚医生的那只药箱可以治得好的，奶奶的脑梗就更别说了。还有岳父的帕金森症和爸爸的阿尔茨海默病，可能赤脚医生都没听说过。他们拎了只药箱来，该如何是好呢？

听说杨医生早已过世，先于外婆，我外婆年事高了无疾而终。夏医生也已过世，我奶奶虽说身子骨快散架，至少还活在世上。两个赤脚医生都得的癌症，具体什么癌我不晓得了。"不赤脚"的医生也会生病的，生的病也往往是医生看不好的。

时光消逝在咀嚼食物与磨牙间。这本红封皮旧书令我试图想起他们的模样，却总有些部位不再清晰。我的集邮册里躺着一套四张八分面值的编号邮票，1974年6月26日发行，分预防（一位女赤脚医生在农家小屋旁的向日葵下为一群儿童打预防针）、出诊（挎着药箱、背着斗笠、手持手电筒的赤脚医生夜晚顶风冒雨涉水去给病人看病）、采药（两位女赤脚医生背着药筐，拿着锄头，在崇山峻岭间采草药）、治疗（农村田间，赤脚医生正蹲身为劳动中突然发病的农民诊治）四个画面。

第一个画面就让人心酸，我纠结着我那幸福的孩子是否也打过假疫苗。从前的日子虽说简陋清贫，我胳膊上种痘的花却已开了三十多年。赤脚医生微笑着，曾像毛主席一样红太阳般温暖过一代人的心灵。

屠　夫

　　平原上的屠夫没有多少东西可杀。鸡要生蛋，狗要看门，羊要沤肥，牛要耕地，各司其职。所以屠夫主要是指杀猪的，一般都叫"杀猪佬"，就像理发师，我们喊他"剃头佬"。为什么称号惯以谋生手艺与一个"佬"字为后缀呢？我也弄不清楚，反正"佬"字带有点轻视的口气，比如骂不懂事的孩子就说"细赤佬"。

　　我二舅就是个"杀猪佬"。二舅杀猪时已过了凭肉票买肉的年代。之前他是个瓦匠，从瓦刀换上尖刀，短短十几年间杀过多少头猪恐怕他自己也记不得了。他去村子里收猪时，总围着猪圈转来转去，一副大学教授研究学问的眼光，碰到一条特别欣赏的猪时，会好好夸几句。但他杀猪时，会毫不留情地一刀封喉，血像箭一般精准地射到摆在地上的木盆里。我忘不了他杀猪时的眼神，怪吓人的，就像他手里那把闪着寒光的尖刀。肥嘟嘟的猪哼哧几声就躺成了一摊烂泥，完全没有它的野猪兄弟叱咤山林的勇猛。《二十四孝》里"啮指痛心"的孝子曾子总是书生吧，因为妻子去赶集时孩子缠着哭说了一句回来杀猪给他吃，曾子遵循"言必行"的家庭教育杀了一头猪兑现诺言，可见连书生也能杀猪（曾子是否亲手操刀未有记载）。

　　二舅在农贸市场的生意很好，一是熟人多，二是他自己吹出来的生意经。所谓生意经，大概就是"无商不奸"，只是奸得太过就会被客人发觉从而丢了生意，奸得太小就谈不上奸，没多少额外的赚头。我想，二舅是奸得恰到好处的那种，赚了你的钱，你还觉得沾了光。秤头上的功夫是，缺你一两再送你半两，你乐滋滋的自以为提着一斤多肉其实只有九两半。我怀疑，即便是如今的电子秤，也可能隐藏着这种学问。因为二舅的生意经，我买菜的时候也会注意那些卖菜的，只要不是太过分，我即使觉察到了也不会拆穿他的。

二舅有几年不杀猪了，倒不是因为机械化杀猪进程的到来，他病倒了。他得了胃癌，舅妈说骗他只割了三分之一的胃，实际上全部割掉了，把食道直接接在小肠上。他每顿吃得很少，一天要吃很多顿，他总是感到饿。

二舅就像一头猪，他像被他杀过的猪一样躺在手术台上，能有几个主刀医生还真精确地算算割多少好呢？由于癌细胞扩散的可能，干脆一刀取出来算了，像他杀猪取猪的胃一样简单。想起这些，我就不想吃以前最爱吃的舅妈做的青椒肚片和红烧大肠了。

蒲松龄写过三个屠户和狼的故事，说得屠户很聪明狼笨笨的。我二舅在这片平原上从未遇到过狼，所以无法谈及他和狼之间有什么智商的较量，我只是觉得二舅很精明。现在想想，他和大多数中国百姓一样，一辈子吃亏多：杀猪时，农贸市场的高税收让他亏了体力；不杀猪了，医院的高昂治疗费用让他亏了健康；就是他从不杀猪的子孙，学校的教育也足够让他亏了一生的积蓄。

二舅只是一个"杀猪佬"。他不知道有一种屠夫什么都杀，即使杀了他也不知道。

裁　缝

我只有一个姑姑，她很疼我。我老抱怨奶奶为什么不多生几个女儿，那我就有几个姑姑疼了。我和姑姑长得很像，特别是两个酒窝，事实上，我和姑姑都是喜欢喝酒也能喝酒的人。

姑姑嫁了个裁缝，跟着姑父学裁缝，自己也成了裁缝。我七岁那年姑姑出嫁后就再也没有愁过没新衣服穿。那时候，乡下的裁缝都是被人家请上门做衣服的，一请就是好几天，供吃供喝的，是个很吃香的行业。姑姑算是新时代的裁缝了，会使用"洋机"，做衣服在速度和质量上优势大过那些守旧的老裁缝，所以请的人多。

乡下做衣服会自己选布料，然后请裁缝量身定做，不像现在去商场，虽然款式琳琅满目，流水线作业下来的东西只能大致分为大号、中号、小号。像我这样个子偏高身体偏瘦的就很难买到合身的衣服。最难买的是裤子，腰身合适的长度不够；长度够了，腰身就松松垮垮的，不系皮带的话，肯定掉下来。所以，乡下的裁缝做的款式虽说土些，穿起来却特有人情味。再说，这世间原本就没有流行的东西，穿着穿着，最土的又回到了最时尚的位置。

姑父是有点抱负的人。他和姑姑很早就有资本家经营的理念，带了很多徒弟，走南闯北开服装店，积累了早期的资本，也就有了如今生意的规模。姑姑十多年不做裁缝了，她老提起以前做裁缝的苦。她和姑父离开家乡，去的第一个地方就是河南开封。那年我九岁。认识的字大概可以够我歪歪扭扭地写完一封不长的信。那时候，家里除了父亲能写信外就是我了，父亲一直鼓励我写。人在他乡，能收到我简短的信也会很开心的，贴着八分面值的蓝色长城和二十分面值的上海民居的信，在江苏武进和河南开封之间飞来飞去。我不但能经常收到姑姑从另一个地方寄来的四季的新衣服，最重要的是完成了我早期对书写的情感和热爱。而今，还有几个人会贴上邮票写封家书呢？

　　姑姑常年在外面做生意，一年见不到几次。我想姑姑时就会笑，会想起她没出嫁前，看我用三支铅笔绑在一起并排抄写作业还来不及做完急得哭时，她会让我先睡，然后在昏暗的灯光下帮我抄写完。

　　没有人能明白我和姑姑的感情。我是整个家族唯一的男孩，是姑姑心头的一块肉。所以我再也不抱怨奶奶没给我多生几个姑姑，而很庆幸只给我生了一个姑姑，我有一个姑姑疼就够了。现在每次和姑姑坐在一起吃饭时，我们都会心有灵犀地举起杯，只说一句，来，今天一醉方休。

同　学

　　原来，意大利西西里某个小学教室里发生的一幕与中国一个叫梅村小学的某个教室里发生过的故事是差不多的：女老师在黑板上出了题目，5乘以5等于多少？波恰拿着粉笔答不出来。女老师捏着波恰的耳朵用他的额头撞黑板，他左边的额头显然已经撞得通红了。女老师让孩子们集体背乘法口诀，5乘以1等于5……5乘以4等于20，然后示意孩子们停住，问波恰5乘以5等于多少。波恰依然答错了，女老师继续捏着他的耳朵撞黑板。在女老师教育孩子们乘法口诀的重要性时，多多轻声喊波恰，指着课本上的圣诞树告诉他答案是25。可能是声音太小的缘故，女老师转过身来问波恰：最后一次，5乘以5等于多少？可怜的波恰洋洋得意地回答女老师"圣诞节"，气得女老师拿着的一根小木棒雨点般落到了波恰的脑脖子上……

　　《天堂电影院》里，朱塞佩·托纳多雷捕捉到了以上的一连串画面；在女老师和波恰的意大利脸上，我看到了中国师生的表情。许多人应该有过类似的经历吧，有过多多那样一位同学，只是很少像波恰那般倒霉。我记得到中学甚至大学时，还时常因为午后犯困，迷迷糊糊中被老师喊起来回答问题。有时候老师点了名还没听见，同桌用胳膊推了推或后座的用手指戳一戳才知道站起来，幸亏是他们轻声告诉了我答案，我才能应付过

旧雨

去。也时常因为他们的声音太小,我回答时只能含糊地发了个音,有几次居然也蒙过去了。以前以为,上课用书遮住脸睡觉、考试传纸条作弊老师是看不见的,待我在大学里监考时,才发现下面的小动作一个也躲不过去。每次监考,孩子们见到走进考场的监考老师是我时都忍不住"哦"地轻松起来,只要不是太过分,我一般都时常扭过头看看窗外,留点空隙给他们表达同学情谊,因为我会想起偷偷给我塞英语答案的同学以及看见了这一幕却没有没收我试卷的老师。

同窗之内,几十颗小脑袋开始接受语文的启蒙,几十颗小心窝却在估摸着那欢快的铃铛声即将响起。我最早的同学,就是那寒冷冬天分成两拨在课间休息时贴着教室墙壁对挤取暖的人。慢慢地,手腕上戴了表,口袋里装下了手机,我们对下课的到来总是充满了期待。若干年后,我比小学毕业就弃学的同村孩子多了中学同学;又过几年,我比高考失利的同镇孩子多了大学同学。在暗恋初三前桌的一个女同学六年以后,我也终于有了初恋。这些年积攒了许多同学,发现好朋友的主要组成部分就是他们,有的隔三岔五的还在一起聚聚,有的名字早已想不起来。虽说尚未到"我齿落且尽"的地步,"君鬓白几何"已是现实了,于是逐渐有了韩愈"少年乐新知,哀暮思故友"的感受。偶尔几个老同学碰面,话题往往多了"你知道吗?某某同学生病死了""你知道吗?某某同学出车祸走了"的感慨,回想一下他们活着时与自己生命中有过的交集,转个身也很快把他们忘了。然后商量着，以后多聚聚吧，聚一次少一次了，听起来挺伤感的。当然，未必每次聚会都是愉悦的，特别是大学之前的同学，时间使得同学之间的差距越来越大，最直接的体现是拥有的财富。起初客套地进餐，闲聊，一阵觥筹交错后，因为某个话题，带总的开始数落上班的。脾气温和的不吭声也就过去了；可也有嫉富者，反驳几句，争吵就大了，乃至抹袖挥拳。每遇这样的场面，我的劝解还是管用的，可能是在两个"阶级"的同学之间还存在一种共识：我这个写写书的人吧，还是个有点文化、懂点道理的同学。虽然我的脾气也不好，为了场面不过于尴尬，我这个"中"得搂着左与右，就像写文章时的过渡句。

睡在你上铺的同学未必成了兄弟，分给你烟抽的同学可能做过一阵子兄弟。《世说新语》中有"管宁、华歆共园中锄菜，见地有片金，管挥锄与瓦石不异，华捉而掷去之。又尝同席读书，有乘轩冕过门者，宁读如故，歆废书出看"，曹操为魏王建国，华歆此人已是御史大夫，曹丕即王位，拜华歆相国，可见此人必有过人之处。管宁不晓得人无瑕疵不可交的道理，与他割席分坐，说："子非吾友也！"想想同学里最亲密的几个朋友，都有缺点，包括我自己也是，不过是相互包容才一直没有走散。包容其实很简单，比如一个老同学喜欢我家附近的"羊蝎子火锅"，我这个从不吃羊肉的人总是点上一盘花生米或炒份酱爆螺蛳静静地看着他吃得那么香，同时会为他在享用美味而感到非常快乐。包容也可以是，一个滴酒不沾的老同学静静地看着你喝酒，喝到舌头打卷，某个事情反复唠叨了好几遍也没有厌倦，在你连账单都结不成时替你买好单把你送到家才放心离去。喝进去甚至吐出来的过程里，同学的情谊越来越深。

在我记忆深处，有个梅村小学同学的身影永远挥之不去。读小学的时候我俩关系不是多好，到了初中，有次我被班里的同学欺负，摔倒在地，他看见后二话没说，那么矮小的个子就跳起来和那位相对高大的同学扭打起来，居然还被他战胜了。我很是感激他，和他越走越近。女同学之间可以因为经常赠送小礼物成为一辈子的朋友，男同学之间往往会因为一场干架。你有没有想起帮你一起打架的兄弟呢？可惜，我没能和他做一辈子兄弟，好像是哥哥成绩好学费交了，他的学费还没凑齐，那时候交过学费的孩子的名字会写在教室的黑板上，名单越添越长，他最终变得很孤单。一气之下，他用了父辈们了结自己的主要方式向父母表达了抗议：喝下一瓶农药。那年我知道消息后穿过乡间金黄的麦田去他的村子看他最后一眼，门板上的脸是紫的，肚子鼓胀。我不忍心多看下去，扭头走了。后来有几年我经常碰到他的哥哥，头发梳得顺溜，自行车也换成了摩托车，有次还看见他的后座上多了一位长头发的姑娘。而我的同学，留给我一张营养不良的脸，他的嘴唇上还未来得及冒出胡须，他一米五几的个头还未来得及发育，便停止在了1992年的夏天。他矮小的个头跳将起来挥向另一个同学的小拳头时不时地打在我的胸口上。

　　说点开心的吧。陶渊明有诗"未言心相醉，不再接杯酒"，此说不太可能。记得大学毕业后我去远方看望的第一个同学是马行。在北京办完了事，晚上十点多了，查到还有趟长途大巴去山东东营，就奔过去赶车了。黄河入海口的小酒馆，老马陪我喝完酒去渔民那儿买了刚捕上来的十几只肥硕的梭子蟹，吩咐小酒馆老板加工好，让我带着在路上吃。那趟绿皮火车上，我的梭子蟹在人们的盒饭中尤其诱人。唯一不美好的事情是，停靠济南站时我下车添些啤酒，感觉味道与平时来去太大，拿着罐子仔细查看，没有过保质期啊，哦，原来是"青鸟啤酒"，一座山变成平原了。这几日吧，另一个同学谭书琴给我寄来书稿《三生花》，嘱咐我写个序言。她是个读书时连干三杯白酒把我吓跑的重庆姑娘。我说，我哪会给你作序啊。老谭说，兄弟，看在我是你和孙婷的媒人的份上，你也得给我写出来啊。唉，是的，没她，我还真娶了另一个女人，生了另一种样子的孩子，就硬着头皮写吧。

　　我的同学越老越可爱了。可爱多好，我就盼望着几十年后，他们还是好好的。

辑丁：食物

米　酒

若生在唐朝，我定要找个人对饮。我觉得他未必喝得过我，诗也未必比我作得高明。这样的话我不止说过一遍，当然我这话是没有道理的。如果我和李白互换个出生年月，他也可以这么说的。

我写这样一段，不光是唐朝酒精度数和装酒器具度量单位的问题，还有喝酒的态度问题。记得有朋友提到过我的一句诗"今日我要把酒灌醉"，也只有他注意到了诗句里主宾的关系。我一向把酒当成好朋友，他当然是有生命的。况且，我很少借酒消愁，既没有"古来圣贤皆寂寞，惟有饮者留其名"的想法，也没有"虚负凌云万丈才，一生襟抱未曾开"的失意，愁自然少了。葡萄牙人佩索阿倒是和我想法差不多，"做个诗人在我便是毫无野心"，所以，我喝酒就是喝酒，再没什么别的，要是和李白同桌，我就拉他喝吧喝吧，别比什么诗歌了。

酒有许许多多的名字。比如醅、醑、醴、酤、醪、醍醐等，看字眼就一目了然。若说好听的，有白居易"绿蚁新醅酒，红泥小火炉"中绿蚁的清新，有黄仲则"大道青楼望不遮，年时系马醉流霞"中流霞的妩媚。如果遇王世贞"偶然儿子致红友，聊为桃花飞白波"句，怕是一时找不到酒的影子了，眼前分明是一对年轻人谈情说爱的场面。清人梁绍壬有《品酒》，说"论其品格，亦止如苏州之福贞，惠泉之三白，宜兴之红友，扬州之木瓜"，原来红友也是酒名，我猜的话，大概属于黄酒之类。袁枚在《随园食单·茶酒单》中就说，"至不堪者，扬州之木瓜也，上口便俗"，我似乎看到他尝了口，然后皱着眉头鄙夷地"呸"了一句。

有日，"醉士"皮日休写了首《醉中寄鲁望一壶并一绝》："门巷寥寥空紫苔，先生应渴解酲杯。醉中不得亲相倚，故遣青州从事来。"鲁望即他的好酒友陆龟蒙。我初读此诗中的"青州从事"以为是一官职，查阅资料方知是好酒的隐称。《世说新语·术解》有：桓公（桓温）有主簿善别酒，有酒辄令先尝，好者谓"青州从事"，恶者谓"平原督邮"。原来青州有个齐郡，齐与脐同音，好酒的酒力会一直达到脐部；而平原郡有个鬲县，鬲与膈同音，次酒的酒力只能到达胸腹之间。单是读这些酒名，就"深沉"得令我有些醉了。

话说回来，人们多好奇于李白的酒量，动不动就是斗啊石啊斛的，听起来有点吓人。这么说吧，蒸馏酒技术到宋朝才有，唐朝的酒充其量就是江浙一带米酒、黄酒的度数。李白"一杯一杯复一杯"后，还是会"我醉欲眠卿且去"的，他顶多算是个酒量不错的人，据高人分析，比武松的酒量略大些。古人喝酒时间长，没什么其他娱乐，若我坐下来和李白慢慢喝米酒的话，他还真不一定耗得过我。

酒量大小多少有点遗传的因素。我见过不少人，喝上一杯啤酒就面红耳赤，甚至浑身起红疙瘩，这样的人，我从来不忍心劝他酒，那不是让人遭罪吗？我八十多岁的奶奶，每日还是两顿酒，喝酒时神采奕奕，满脸的皱纹润了润，居然好看了很多，一时间觉着酒还有颊上三毫、睛中一画的妙处。我爷爷吧，从小的记忆里就是每顿三斤左右的黄酒，佐以炒黄豆或咸菜小鱼。他是个脾气很暴躁的人，但喝完酒还是会把方圆几十里的地方找上几遍，为没能找回的那条比我小两岁的草狗偷偷落几滴泪。父亲告诉我，他这辈子也没见爷爷喝醉过。爷爷去世得早，那时我中学毕业刚刚开始喝酒，也就三瓶啤酒的量。我还真是有个心愿，能和父亲、爷爷坐在一起，好好地喝上一场。这样的场景，只是在梦里反复出现过。

这些年来，我发现自己是个什么酒都喝的人，现在连酱香的白酒也爱上了。我觉得很有必要将以前一篇写酒的文字中的一段在此复述一遍："很喜欢王安忆的一个短篇《酒徒》，那个酒徒和我相似，最喜欢的白酒是剑南春。但这个人居然不喝黄酒，他说黄酒是料酒，喝这种酒有点下作。我不敢苟同。我的家乡有句俗话，大意是说一个把家里烧菜用的料酒都喝掉的人猪狗不如。这种事我做过，还不止一次。"而今想想，我最喜欢喝的酒应该是米酒。

米酒，颜色像米浆，从浑浊苍茫之远，到清澈透明之近，这江南最好的酒，喝一口，仿佛触摸到了妈妈的体温。我的岳母，一开始看不惯我喝太多酒，感觉女儿嫁给我这样的人也没什么着落。慢慢地，从每年给岳父酿一缸米酒，变成了两缸，最后因为没庄稼地种了，就买米回来把囤米的缸全用来酿了酒。酿少了，不够岳父喝。缸，你知道是多大的容器吗？如果盛满了酒，会令人十分踏实，再不必担心喝着喝着酒没了。有个会酿酒的岳母，我挺满足的。每年冬天酿米酒，我就催，妈，可以喝了吗？她说，看你猴急的，还没破水呢，再过几天。前年吧，岳父动了心脏手术，从此与酒彻底无缘，我觉得在饭桌上喝酒他却滴酒不能沾，心里挺难过挺不好意思喝下去的。岳母说，以后不再酿米酒了。岳父却反对，女婿爱喝，你就再酿些吧。有日岳父躺在病床上，对我说了句，米酒可以喝了，你自己去灌一下。我听了，转个身擦了擦眼角。

记得和一位江南的作家喝酒时，他也说过米酒是他的最爱，这一天，感觉又遇到知音了。过了一年，和他一起喝酒，我说，我记得你最爱的是米酒，为何不喝呢？他说，谁说的呢？你就不知道我最爱的是这酒？谁说的呢？两个反问"谁说的"，看着他美滋滋地一饮而尽杯中名贵的勾兑酒，我心里凉了一截，心想，原来忘了妈妈不难。还有一个西洋的节，本来在家温米酒喝的，有友邀，说是庆祝。明明知道没什么可庆祝的，还是去了，喝的是中国的米酒，烫的是中国的鱼肉和蔬菜，不知道庆祝的是什么。当然，醉，还是像往常一样醉了。

有次曹寇说，你这个人怎么样吧不说，你写的文章怎么样吧也不说，你有个想法挺好的，在酒桌上喝着喝着就离开这个人世是最美好的事。这话好像是我很久以前说的了,不过我现在要收回这句话,因为每次瞅见幼小孩子透亮的眼睛,我都有点心虚,起码要陪他长大些吧。

米酒可以温润我的情怀,比如我喝着米酒,半酣之间还能写下《美妙》:我时常用快乐的心情/想悲伤的事/我最好的朋友/是酒唤回来的逝去光阴里的我/我和我的部分擦肩而过/或许也会握手也会微笑/和过往对饮的人/大可忘记朝代/坐南朝北/清风知己/坐北朝南/明月红颜/今日不取花香/不付碎银/今日我邀七星瓢虫/不醉不归——若一只昆虫也能饮酒,它比酒桌上的很多人要可爱。

醋

主人先向客人敬酒叫"酬",客人又回敬主人叫"酢",这一来一去合称"酬酢",后来也写成"酬醋"。贾思勰的《齐民要术·作酢法》有"酢,今醋也",这个标题注应该是之后的版本新添而不是他自己所作。酱在宋朝才明确为酱油;宋朝以前,醋还不是生活必需品。宋代中叶以后,醋字才慢慢习惯作为"酱醋"的"醋"字。

与"酉"相关的字眼大多让我看着舒心,这个"醋"是例外。我不爱吃醋,所以此物少见于厨房。一桌人坐下来,有九个会在小碟里倒点醋,我则添点酱油,这一点我随了父母,特别是冷菜中有一道"盐水猪肝"。

以前我们那儿办喜事丧事,最后一道菜总是猪血汤,后来喜事不用了,丧事还保留,这个汤是我唯一需要加勺醋才喝的,特别开胃。村里已少有老人过世,偶尔回去,和一个人二三十年没有交集了,也谈不上什么悲伤可言,也许就为了那一碗"酸血汤"的念想。

吃醋有很多典故,它的现代汉语释义是产生嫉妒情绪,多指男女关系方面。我十几岁就做得一手好菜,却极其讨厌洗衣服。离家上大学时没了办法,只能厚着脸皮求助于一个女生,她倒是洗得欢快。后来觉着老麻烦她过意不去,让另一个女生洗了几天,这个女生几天没理我。那时我不懂。金镶玉和邱莫言初次相遇在房间大打出手,金镶玉对邱莫言说:"也有两分姿色。"两人你来我往,解衣穿衣,邱莫言占了上风,也夸了句金镶玉"你也有两分姿色"。"可是我看你要比你看我要通透啊。""那你也得让我看你看得通透一点嘛。"看上去高冷寡言的邱莫言却为周淮安和金镶玉"假洞房"而饮酒落泪。每看《新龙门客栈》的这一幕,我就想起那两个女生的可爱来。

我们吴语的吃醋叫喫醋,和喫饭喫茶一般喊。我见姑姑放下大外孙,去抱小外孙,大外孙就哭了,使劲去拉姑姑的衣角。姑姑放下小外孙,重新抱起大外孙,他就笑了。小外孙不干了,也去拉姑姑的衣角,姑姑只能一手抱一个。结果大外孙还在不断地推开小外孙。若这也算是一种喫醋的话,真是纯真美妙。

醋确实是在宋代才大量出现在诗词中。华岳日子过得很清苦,写《邸食责庖者》:"陋邸已无味,庖人更不材。盦炊全做粥,烧鲞半成灰。添醋酸绵齿,研椒辣木腮。何时耸堂窝,香雾霭樽罍。"这个被佘翘称赞为"论事似晁错,谙兵似孙武"的人,此时仅盼望能吃上一盘炒肉片,那个香才配得上酒香。宋代诗词中,写醋写得最多的却是姓"释"的一批人,释慧远、释师范、释绍昙、释普度、释印肃、释咸杰、释师体、释修演……且多为"咸盐酸醋""盐鹹醋淡"之类佛门养生之句。还有个宋末元初的方回,写"屡尝三斗醋""一吸三斗醋",似乎搞了个"三斗醋"的意象。"三斗醋"实指很难吃的东西,陈与义就很有个性,"宁饮三斗醋,有耳不听无味句"。

我提方回这个人,其实是想说唐人岑参的那首《北庭作》,"雁塞通盐泽,龙堆接醋沟"。方回说过了,盐泽尽人皆知,醋沟人所未知也。北魏郦道元在《水经注》中记载,"役水自阳丘亭东流,经山氏城北,又东北为酢沟"。我地理学得不好,也懒得摊开一张地图好好推敲考据,不知龙堆接不接得上这"酢沟"。我的直觉是,若能一睹早年刻本,岑参的原句会不会是"雁塞通盐泽,龙堆接酢沟"呢?我这人对很多东西好奇,而答案往往难以获得,实则很无聊。

盐咸醋淡。盐泽醋沟。味道也好,地名也罢,这俩在一起似乎特别工整。我来说点不是太遥远的事吧。十五年前,中国南方出现了一种怪病,死亡率很高。坊间流传煲醋和喝板蓝根可以预防这种怪病,于是市面上出现了抢购米醋和板蓝根的风潮。有些人买不到米醋和板蓝根,转而向香港的亲友求助,这才使病情得以为外间知悉。我老家的一个"二流子",其时正好在南方"创业",恰逢大好机会,于是让家人大量收购米醋,一卡车一卡车的米醋从中国东部运往南方。平时几块钱一瓶的醋在那卖到了两三百块钱一瓶。此人"创业"成功,荣归故里,说话嗓门极大,走路近乎横行。七年前,日本发生里氏9级地震,导致福岛核电站爆炸,核辐射开始向外蔓延。人们担心日本核泄漏污染海水,中国多地爆发食盐恐慌性抢购,许多地方盐价暴涨十五倍,食盐依然脱销。此人又逢大好时机,大量囤积食盐，准备大赚一笔。后来谣言一破，醋可以几个月不吃，盐不比醋啊，国家怎么可能放任哄抬盐价呢？如意算盘砸碎后，好几年没碰上天灾人祸，此人便开始游说乡亲，用的是"移花接木""瞒天过海"，我觉着这种人最后等来的是"走为上"。

起初，醋是做坏了的酒。后来贾思勰在《齐民要术·作酢法》中归纳了数十种酿醋的方法。有"小麦苦酒""大豆苦酒""乌梅苦酒""蜜苦酒"，甚至还有"外国苦酒法"："蜜一升，水三合，封着器中；与少胡荽子著中，以辟得不生虫。正月旦作，九月九日熟。以一铜匕，水添之，可三十人食。"很多人以为一杯苦酒喝的是闷酒。

1918年正月十五，李叔同皈依佛门，剃度后给日本妻子诚子写信："请吞下这杯苦酒，然后撑着去过日子吧，我想你的体内住着的不是一个庸俗、怯懦的灵魂。愿佛力加被，能助你度过这段难捱的日子。"诚子伤心欲绝，但抱有最后的一线希望。"叔同——""请叫我弘一。""弘一法师，请告诉我什么是爱？""爱，就是慈悲。"1942年九月初四，弘一大师安详圆寂于"晚晴室"，九月初一书最后绝笔"悲欣交集"，悲怆而恬然，我看着这四个字，就是"油盐酱醋"的样子。

猪头肉

民国三十三年（1944）。二十五岁的张爱玲已经和老年人一样爱吃甜烂之物，一切脆薄爽口的都不喜欢。她不会嗑瓜子，连细致些的菜如鱼虾也完全不会吃，自称"是一个最安分的'肉食者'"。这个年龄的饮食喜好，几乎和我相反。她觉得上海所谓"牛肉庄"是可爱的地方，那里穿白外套的伙计们个个都是红润肥胖，笑嘻嘻的，他们的茄子特别大，他们的洋葱特别香，有趣的是她没提到任何牛肉的事，却认为"他们的猪特别该杀"。她说，门口停着辆车，运了两口猪进来，齐齐整整，尚未开剥，嘴尖有些血渍，肚腹掀开一线，露出大红里子。我以为她要写两只猪头了，她没有，她说不知道为什么看了绝无丝毫不愉快的感觉，"一切都是再应当也没有，再合法，再合式也没有"。张爱玲真是个奇怪的女子，她觉得那里空气清新，很愿意在牛肉庄找个事，坐在计算机前面专管收钱。我挺想听听她说说猪头肉的味道，她没说，可能她不吃猪头肉。猪头肉看来特属于男人，同时的周作人就回忆："小时候在摊上用几个钱买猪头肉，白切薄片，放在干荷叶上，微微撒点盐，空口吃也好，夹在烧饼里最是相宜，胜过北方的酱肘子……"

明朝。没有酒，空口吃什么猪头肉呢？其实有几个女人又爱酒又爱猪头肉。西门庆三妾孟玉楼、五娘潘金莲和六娘李瓶儿在房里赌棋。潘金莲提出赌注："咱们赌五钱银子东道，三钱银子买金华酒儿，那二钱买个猪头来，教来旺儿媳妇子烧猪头咱们吃。说他会烧的好猪头，只用一根柴禾儿，烧的稀烂。"下了三盘，李瓶儿输了五钱银子。潘金莲使绣春儿叫将来兴儿来，把银子递与他，叫他买一坛金华酒，一个猪首，连四只蹄子，吩咐："送到后边厨房里，教来旺儿媳妇蕙莲快烧了，拿到你三娘屋里等着，我们就去。"来兴儿买了酒和猪首，送去厨房。蕙莲借口要纳鞋，但顾虑潘金莲嘴巴不好，只能起身到大厨灶里，舀了一锅水，把那猪首蹄子剃刷干净，只用一根长柴禾安在灶内，用一大碗油酱，并茴香大料，拌得停当，上下锡古子扣定。哪消一个时辰，把个猪头烧得皮脱肉化，香喷喷五味俱全。将大冰盘盛了，连姜蒜碟儿，用方盒拿到前边李瓶儿房里，旋打开金华酒来。三人坐定，斟酒共酌。李瓶儿一尝，偏咸，就递给蕙莲一碟猪头肉，让她尝尝自己做的味道。蕙莲道歉了下，说下次会做好。很明显那次蕙莲对潘金莲的指派不乐意，故意把猪头煮得偏咸了。

二十世纪八十年代。年轻的爸爸骑着二十六寸的"永久牌"自行车从暮色中回来，他的车把上隔三岔五地挂着包用褐色纸裹好、细绳扎紧的东西，晃荡得极其诱人。等一杯老酒倒好，拆开纸包，一片一片的酱红色猪头肉将小小的厨房窜得香喷喷的。我和妹妹喝粥，偶尔伸上两筷，有时还得瞥上爸爸一眼。当然，他从来没有责怪我们去抢他的下酒菜。反倒是妈妈说我们，少吃几片，留给爸爸搭酒，吃粥吃什么猪头肉。猪头肉和一杯酒，是爸爸较早给我的印象。那时的猪头肉，已经把略贵的耳朵和舌头去掉，单列售卖，一盘猪头肉能切到几片猪鼻囟已很不错，爸爸说特别有嚼头。我不吃猪鼻囟，总觉得还在淌鼻涕。爸爸还说猪眼睛也好吃，他用方言形容的味道我写不出来，大概是细腻的意思。我也不吃眼睛，眼睛怎么能吃呢？我的老婆爱吃鱼眼睛，我有个故交从牛头中掏出皮蛋般大小的眼睛也啃得津津有味。过去的好时光是过年杀猪，家里有了一只完整的猪头。用那只猪头祭祀祖宗时，我能看见它的泪痕，祭完就劈成连体的两爿腌制起来。等猪肉吃完，就取咸猪头出来蒸或煮，耳朵和舌头用来招待客人，从骨头上剥离下来的猪头肉，那股咸香还在唤醒我童年的味觉。

二十世纪七十年代。那是个凭票供肉的年代，我未曾经历过，年前买只猪头还得半夜去排队。从苏童的《白雪猪头》，可以见到一位忍耐又无奈的妈妈："我"母亲凌晨就提着篮子去肉铺排队买猪头肉了，明明看见肉联厂运来八只冒着新鲜生猪特有热气的猪头，掌管肉铺的张云兰却只摆了四只小号猪头在柜台上，排在第五位的绍兴奶奶和第六位的"我"母亲没买到猪头。谴责与争吵毫无用处，到了八点钟，隔壁家小兵却照样从肉铺里扛回一只猪头。因为小兵家爸爸管着棉布，妈妈管着白糖。尽管天底下的猪头长相雷同，"我"母亲却一眼认出了小兵肩上的猪头就是清晨时分肉铺失踪的猪头之一。"我"母亲的一只手忍不住伸了过去，捏了捏猪的两片肥大的耳朵，叹了口气，说，好，好，多大的一只猪头啊！读得我也有点叹气，张云兰有点过分了，也不照顾一下一位有着五个长身体的孩子的妈妈的心情。但张云兰最终还是善良的，除夕夜给"我"母亲送来了两只从来没见过的大猪头。这是个挺有意思的关于猪头的陈年往事，一个不会喝酒的孩子为什么那么爱猪头肉？事实上，那个年代，猪头比肉便宜很多。这令我想起一个不太相关的画面："1792年8月后，当第三等级为核心的领导力量，逐渐为马拉、丹东和罗伯斯庇尔等激进人物为代表的雅各宾派所取代，革命便立马成了一副疯狂嗜血的断头台，断头台下，那一颗颗裹着血光、滚落不止的贵族昔日高昂的脑袋，眼下不值钱得好像一个个猪头。"

21世纪初，猪头肉的远古味道从北魏《齐民要术》中慢慢传来，"蒸猪头法：取生猪头，去其骨；煮一沸，刀细切，水中治之。以清酒、盐、肉（加肉蒸不能理解，怀疑是'豉'字）蒸。皆口调和。熟，以干姜椒著上，食之"；到《清稗类钞》中更加精细，"以酒煮之，加葱三十根、八角三钱，煮二百余滚，加酱油一大杯、糖一两。候熟，再将酱油加减，添开水，使高于猪头一寸，上压重物，大火烧一炷香时，用文火细煨收干"。以前总觉得猪头肉是穷人的下酒菜，比如我的爷爷，我的爸爸，"我"的母亲，而今它依然作为重要的符号摆在卤菜店的显要位置。我有个好朋友，往往赶去一个叫"卜弋"的小镇买猪头肉，一顿酒可以吃下半个猪头。我也偶尔吃,念想了,就几个人相约去那家土菜馆叫份咸猪头。盐,会把某些记忆封存好,不易变质。多年后,我也会在某个夏日黄昏,变成汪曾祺一样的老头:"就着猪头肉,喝二两酒,拎个马扎趸到一个阴凉树下纳凉……"

亮月饼

剩下的最后一张"亮月饼",我拿出来看几眼、想一会儿后,就再放回冷藏箱。这样反反复复地犹豫,是因为我依稀感觉到它被奶奶做出来的大半年里,越来越像一件遗物。奶奶八十一岁,又病了,人到晚年,病痛如芝麻般密集。我不晓得今年还能不能吃到奶奶做的"亮月饼",所以这最后一张总也舍不得吃了,它也许就是一份用来纪念的东西,像小时候奶奶送给我的长命锁一样,亮晶晶的……

奶奶做好"亮月饼"的时候,已是每年的中秋前夕。包着焯熟的青菜馅的面团,被奶奶耐心地用指关节摁挤成圆圆的薄薄的饼,两面撒些芝麻,在铁锅上烙一烙。吃的时候,只要在铁锅上浇些油,再烙一烙,吃起来又脆又香。在苏南米粥以外的面食中,我最爱吃"亮月饼"了,做起来虽然容易但每年只有在过中秋时才能吃到,乡下做"亮月饼"不是充饥和美食,而是对寓意时令的尊敬,比如清明糍团、立夏馄饨、腊八粥什么的。反而离开了乡村,我还能一年吃上几次,想吃了可以向奶奶撒个娇,她会做好捎来。在奶奶眼里,城里什么都有,也什么都没有。

很多年前在昏暗的灯光下,黑白电视机里飘出一首好听的歌,忘记了歌名也不知道是谁所唱,记得第一句歌词就是"月亮走,我也走,我送阿哥到村口"。想想那状景,很是美妙。此刻,我想着"亮月饼",变成了那个还没有阿妹相送就走出了村口的阿哥,若再想想曾经的"月上柳梢头"那平常的一幕,转眼看一看窗外,未免失落。有时候觉得我这个人很无趣,"生年不满百,常怀千岁忧",眼前老是浮现出一条蚕匍匐在古老的土地上静静地吐丝,那丝连绵不断,宛如中国文化细柔中的大美。

其实我和月亮早已走散了。"数年前我就预感到我不是一个适宜进入二十一世纪的人,甚至生活在二十世纪也是一个错误",每每想起苇岸在1999年5月13日说过的最后几句话,我就会感到悲伤,我觉得他就是那枚月亮,凝聚着母性的悲悯,"在背离自然、追求繁荣的路上,要想想自己的来历和出世的故乡"。我之所以说和月亮早已走散,是因为我认得的月亮藏在了老家庭院的那口小小的水井里,可那水井已经被"吃水不忘挖井人"的人填掉了。我常在想,我居住的大楼底下,也许就有某个人的故乡、庭院和水井。

我双脚还未直立行走的祖先曾迷惑地看过的、我唐朝的异姓兄弟曾醉人地写过的,与我母语系统里的是同一个月亮,她是孩子的神话、是少年的诗歌、是部落的巫术……是物理的天体,也是农业的母亲,更是你我如今毫不沾边的宗教。你有多久没有好好看一看月亮了?我很久了。偶尔一瞥间,脑子里仅冒出一个标识性的物词,连用它造句的耐心也没有了。仿佛病了很久,却不知吃的中药一直少了一味。这一味就像是你端午节品尝着各种口味的粽子，早忘了老祖母在乡村土灶边揭开锅盖时那弥漫的芦苇叶的清香。你和我一样，不再关心月亮，不再想起它曾经是我们的语文，一瞥后我们谈的是人间风月，悲欢烟花。

风与月，很美；烟与花，也很美；江与湖，更美。风月与烟花语感上似乎妩媚过了点，唯独江湖，让我想起一面镜子。在那古老的社会结构中，月亮的清辉点染着侠骨柔情，我迷恋的是一琴一箫交织的洒脱。《笑傲江湖》里，岳灵珊说想要星星陪她一起睡觉，令狐冲就给她捉来了萤火虫。乡村多么富有啊，乡村是个有梦的地方。

是谁摧毁了时光？那年低矮平房的屋檐下，我觉得给我一把梯子，我可以伸手摘到月亮了。而今我离泥土越来越高，月亮却离我越来越远。她身边的星星们，也很少出现。我相信还有地方，能够看见它们：天空的碎花。好像清贫，使得我们的精神相对富有。比如一声悦耳的鸟鸣，就可以让我感动好久，并且在梦与梦的边缘坚信着自己的存在。悦耳，可以直接等于采集声音。又想起善良的雅姆的"厚实的小榆树丛里，山雀因心灵/那天真的感动而歌唱"。我寻找歌唱，世界却成了一个嘈杂的哑巴。

那日小满明媚。初夏的月亮虽清瘦却颇有清凉之意。楼下的小池塘，令人惊讶的蛙声此起彼伏，我想念故乡了，想念那些饱满的麦穗。我所认识的那些苦孩子有的已成了富翁，唯有我还在用枯瘦的汉字呈现着故乡曾经的真实。那些成了富翁的苦孩子，有的在城市里造房子，他们从故乡买来粗壮的树，鸟雀们为搬走的祖屋黯然忧伤。这些年，那些树梢上的月亮跟着我生活在城市中，满面风尘，我真想用故乡鲜活的水为她洗回清丽的脸。我和她都喜欢安静的生活。我记得的月亮，是穿粗布的祖母蹲身弯腰，在黄昏的码头淘米，浓浓的米浆渗入池水里，月亮的脸碎了又圆，那么可人。

  还是雅姆，那么平静，在"为我死的那一天是美丽而洁净的而祈祷"，他说："我，一个和平的诗人，那一天渴望/在我的床边看到美好的孩子们/黑眼睛的儿子们，蓝眼睛的女儿们……"雅姆，生于1868年12月2日，卒于1938年11月1日，黑眼睛和蓝眼睛里的月亮美丽而洁净，那是法国的月亮，也是中国的月亮……奶奶的亮月饼（豆油、面粉、菜馅），让我看见了月亮下，那些豆苗、麦苗和青菜酣畅呼吸的模样，让我看见了暖暖炊烟的背景下，她萨福般眺望"羊群归栏，孩子们都投入母亲的胸怀"的辽阔温情。

阳春面

没读到一篇好好写阳春面的文章,有一丁点遗憾。

听说过陕西有种面,发音是"biang biang"面,有几回可以尝尝却放弃了。那面的名字字典找不到,我对着它画,画了五十几笔,画完也就没了吃的欲望。

阳春面这名字很好听,很温暖。它其实还有个更日常的叫法:光面。一喊光面,好像一下子没了诗意,送信人快到眼前突然折身而返,挺好的风光换成了秃秃的岩石。

以前的中学课本里有篇课文《一碗阳春面》,记得是大年夜母子三人一起吃一碗面的故事,不知道现在的课本里还有没有这篇文章。再去找了找,是一个日本作家写的。我在想,日本也做阳春面吗?原来《一碗阳春面》也翻译成《一碗清汤荞麦面》,想来有相似之处,都是清汤。

我的孩子做作业晚了,一饿就让我给他做东西吃。问他想吃什么,多半说想吃红汤面。几分钟后,看他边吹热气边往嘴巴里夹面,我就十分满足。儿子说,爸爸做的红汤面最好吃了。

红汤面就是阳春面,比白汤面多一小勺酱油而已。至于如何做法,《灵魂摆渡》里有句台词:"一把细面,半碗高汤,一杯清水,五钱猪油,一勺桥头老陈家的酱油,烫上两棵挺括脆爽的小白菜。只可惜老陈家的酱油找不到了。"所以,桌子上出现的是一碗白汤面。

高汤呢,适合面馆,得用猪骨头或老母鸡什么的熬上半天。更多时候则像唐鲁孙所写的《白汤面和野鸭饭》那般讲究,"煮白汤面的原汤,是把鸡鸭的骨头架子、鲫鱼、鳝鱼、猪骨头、火腿爪放汤大煮,所有骨髓都渐渐溶入汤里,煮到色白似乳,自然味正汤浓"。自家做阳春面用高汤,太费时。其实有猪油就够了。一碗面汤里哪怕只要筷子沾上一点,那味道便截然不同了。我家常年不缺的一样东西就是猪油,买上一大爿猪板油回来,切成小块,在铁锅上慢慢熬,等它缩小成渣,猪油就装入陶罐冷藏起来,脂白如玉,一罐猪油可以用上一段时日。油渣留着,可以炒白菜,也可和焯过的青菜一起剁碎,做馄饨馅,那个香,想起来就咂嘴。

若家中没有猪油,我是绝对不做阳春面的,儿子再吵吵,我也只会想法子弄点其他的东西给他填肚子。猪油是面汤的灵魂。

还有,缺了葱花或蒜叶,我也不太想做阳春面。面也有一张脸,没了眼睛,总觉得怪怪的。

譬如"烫上两棵挺括脆爽的小白菜",那算是浇头了,对我而言可有可无。阳春面分白汤和红汤,浇头的种类实在太多。三四块钱一碗的阳春面,我有的朋友可以吃成几十块、上百块:加份鳝丝,加个猪蹄子,再加碟红烧排骨、草菇……我吃面永远不超过十块钱,因为浇头我只选一种:雪菜肉丝。遇上好时节的话，雪菜肉丝里还夹炒了嫩笋尖。

我的阳春面大致是这样的做法：大碗里放盐，葱花（蒜叶），酱油（也可不放），一调羹猪油，水烧滚后盛入半碗，银丝面条丢进锅中，可根据面条软硬的口感喜好一沸两沸三沸，然后用筷子挑出一折三回叠入面碗。

一碗阳春面，有湖水、绿萍，若再加个嫩嫩的肚儿透黄的水潽蛋，更有了落日的美妙。儿子说，爸爸做的红汤面最好吃了。

炒　米

　　无意间从办喜事人家回赠宾客的小礼盒中翻到一包"泰国炒米",从未见过。很小的袋装,大概也就四五克重,随手拆开倒入掌心,米粒金黄而细长,看起来有几分诱人,捏了几粒尝了下,又脆又香,味道出奇地好,于是一把灌进嘴巴。再翻,盒中除巧克力、卤蛋什么的,再没有第二袋。空包装上印的"营养成分表"——能量、蛋白质、脂肪、碳水化合物、钠的比例并不是我关心的,找了找生产地：浏阳市。去了几家专卖各地零食的铺子都没买到,只能让一个爱吃零食的朋友帮忙,果然,几天后她就送来了。足足有几百小袋,包装有五种颜色,分别是牛肉味、鸡翅味、五香味、蛋黄味和香辣味。我不怎么能吃辣,但这五种口味中香辣味最好吃。

　　这种炒米据说湖南、湖北、内蒙古、安徽等地都有,不知道怎么个做法。

　　我们那的炒米与这种炒米完全不是一回事。这种炒米大概是将米蒸熟后再"炒",炒出来后只是比没炒的米粒略大;我们那儿的炒米用的手艺是直接将米粒"爆"熟,籼米、粳米都行,爆出来后比没爆前的米粒大好几倍。也就是后来所说的"膨化食品",常见于电影院,用升斗状纸盒装,那种爆米花的原料是玉米。

"啪炒米喽——啪炒米喽……"记忆中总有一个上了年纪的黑脸汉子村头巷尾喊着,在被喊停的那户人家屋檐下放下担子。这个行当的人我们直接称为"啪炒米佬"。担子一边是啪炒米的炉子,另一边是装煤的木箱,木箱下层是与炉子相连的风箱。啪炒米佬收拾停当,点好煤炉,将那户人家的米倒入掀起的大肚子铁炉中,加点糖精,盖好盖子,放平稳。一手摇黑葫芦形的铁炉,一手拉起风箱,火苗一舔一舔的,与铁炉的转动节奏十分默契。随后,村里的妇女小孩们纷纷挎上装米的淘箕或袋子来一一排队。那情形像范成大记录的吴地风俗:"上元,……爆糯谷于釜中,名孛娄,亦曰米花。每人自爆,以卜一年之休咎。"

记不清多长时间了,大概十五二十分钟的样子,啪炒米佬看了下压力表,说声"要啪啦",然后将炉膛伸进麻袋,麻袋底加缝了只布袋。孩子们见此情景会按紧耳朵。啪炒米佬的小腿往那根杵棒上用力一叩,"嘭"的一声,布袋胀得鼓鼓的,一锅炒米啪好了。他拎起布袋上下左右晃晃,基本上一粒不剩地倒给主人家,然后啪下一锅。而今想想有趣,我们那里的爆竹响两声,一声"嘭",一声"啪",而这个过程叫"啪炒米",用了第二声,其中响的是第一声。

炒米啪好回家密封起来才脆,可以吃上好几天,孩子放学出去玩会抓上一裤袋,一边玩一边摸一小把塞进嘴里。有时大人劳作回来饿了来不及烧饭,先用开水泡碗炒米,略加点糖,

旧 雨

方便。当然，最好吃的是炒米糖。将炒米倒入方形的木盒，加点黑芝麻和红糖汁拌匀，用一种木推（类似于瓦匠用来刮水泥的工具）慢慢压实压平整，然后用刀切成一块一块的长方形。十岁前，有红糖的食物是多么鲜甜啊。

后来还见一种更为复杂的机器，啪炒米不是一粒一粒的了，米倒入铁斗中，马达一响，下面出口处，是空心的管状炒米，每隔差不多三十厘米时折断。颜色可以是白色，也可以是淡黄淡绿淡红，那时不懂什么色素，估计吃了对身体没什么好处。唯一的乐趣是，我们可以边当兵器玩边咬一口，把"剑"咬成"匕首"，再咬到一下可以塞进嘴巴。

翟业军兄给我的散文集《草木来信》中写过一篇文字《寻常的，拒绝拔高的》，他说我的写作是人道的，这里的人指的是寻常人，因为寻常草木就是寻常人的恩物。其中还提到郑燮的一段家书："天寒地冻时，穷亲戚朋友到门，先泡一大碗炒米送手中，佐以酱姜一小碟，最是暖老温贫之具。"他说，寻常草木就像一大碗炒米，正是"暖老温贫之具"，张羊羊的写作亦可作如是观。

我不晓得郑燮的家书中提到的炒米与我说的是不是一种，板桥先生是兴化人，离我出生的地方并不远。我们泡好炒米是加点红糖，他则佐以酱姜，可能只是口味不同罢了。

馄 饨

外甥女回来过年，看见厨房筛子里的馄饨说，舅舅，我想吃云吞。我愣了下，就乖乖地用馄饨给她做"云吞"了。当然，我的做法令她很不满意，就像她拿个土豆让我做青椒土豆丝一样很不满意，一个劲地问我怎么做成这样呢。外甥女叫张闽苏，名字是我取的，两个地名镶嵌在她一生的符号里，多少可以看出一点痕迹。小姑娘十二岁了，在江苏待过的日子加起来不超过三个月。所以，也不能怪她把妹妹从小爱吃的食物喊成"云吞"。我一想起妹妹家里闽南方言和吴侬细语之间的"战争状态"就偷着乐，说话跟吵架似的。

闲来无事，我也是个爱包馄饨的人。去面铺买三块钱面皮，再买五块钱蔬菜做馅，个把小时就能捣鼓出五六十个馄饨来。够三个人晚上吃一顿汤馄饨，还够第二天早餐吃上煎馄饨。小吃店一碗馄饨有十只，卖八块钱或十块钱，我用八块钱的成本，加点时间，可以吃上六碗馄饨，一琢磨，好像赚了，就感觉很快乐。其实我还真不是去算这种账过日子的人，自己包的馄饨可以做家人最爱的口味，过程也很享受，就像有人喜欢在阳台上种盆小葱、几棵青菜一样，最重要的是，爱人吃我做的馄饨夸赞起来和瞿秋白对中国豆腐的评价一个等级。

做馅的蔬菜我只在三种之间轮流，青菜、荠菜和韭菜，分别配上猪油渣、蘑菇和虾皮。至于为什么选这三种蔬菜，可能因为偏爱的缘故。至于为什么是这样的搭配结构，有些是从父辈们那里学来的，有些只是个人的创意。谁说青菜就不能搭配蘑菇、荠菜就不能搭配虾皮？完全可以。我只是喜欢日常生活中有些稳定的部分。但，韭菜配猪油渣好像不太说得过去。

李笠翁谈蔬食时，把葱、蒜、韭放在一起比较，他说对待它们的态度是有区别的：蒜是永远不吃；葱虽然不吃，但允许用来做调料。韭菜则是不吃老的而吃嫩的，鲜嫩的韭菜，不只不臭还有清香，就像孩童的心纯洁不变一样。我对韭菜的感觉和李笠翁出奇地接近，但对蒜叶则完全不同，冬日里一道蒜叶炒咸肉丝是上酒馆必点的菜。况且，蒜叶和葱有同样的功能，调馄饨的汤料时，撒撮切好的葱花或蒜叶，绿绿的，心情也好很多。这样说来，葱、蒜、韭完全可以在一只青花瓷碗里相互成全。

说到李笠翁，我总会想到另一个吃货袁子才，他有没有吃过馄饨呢？翻《随园食单》，有记录，那也就算吃过了。不过他提到《肉馄饨》，简单成六个字"作馄饨，与饺同"，我倒是怀疑他究竟吃没吃过馄饨了。起码，你也得提提馄饨的形状吧。我也知道馄饨和饺子差不多，一张面皮一勺馅，面铺里的馄饨皮是顶边长约5厘米、底边长约7厘米的等腰梯形，饺子皮为直径约7厘米的圆形。我不爱吃肉馄饨，所以常以蔬菜为馅，我觉得馄饨是属素的，饺子属荤。它们于我眼里，一个隐约可见南方姑娘的绿肚兜，一个则像北方汉子的大肚腩。

有人喊我去吃饺子，我一点也不习惯，我还是去吃馄饨吧。起源于北方的馄饨怎么在南方普及起来的？这个问题我想不明白。家乡有一种树，从小我就喊它"馄饨树"，它的果实很奇怪，样子和馄饨差不多，每一串果实上有十几二十只"馄饨"。馄饨的形状是不是由它启发而来呢？树肯定比人活得久远一点，先有树是肯定的，"馄饨树"的喊法有多久了不得而知，我也不想再去考证。长大了我才知道，这种树的学名叫"枫杨树"，也就是苏童小说里常以之命名的一个乡街的名字。

其实吧，我们这儿馄饨分两种，很简单，个头大的叫大馄饨，还有一种小馄饨。我以上所说的是大馄饨，和面、饭、粥一样可以当主食，小馄饨则有点类似每次去南京都想尝尝的鸭血粉丝汤，属小吃系列。我不爱吃肉馄饨，但小馄饨是只能以肉糜为馅的。六厘米左右的正方形面皮，稍微揩点肉星，随手一抓就可以了。三块钱面皮、五块钱肉馅可以做两三百只。所以，大馄饨像大人，要讲规矩，包起来有一个抵达形状的过程；小馄饨就像孩子，很随意。因为我喜欢孩子，所以对小馄饨有说不出来的喜欢。我包的小馄饨还是小时候的味道，爱人说小吃店是完全吃不到了，吃小馄饨吃的是面皮与汤的滋味，不能被肉味给替代了。说到小馄饨，我的眼前就会浮现出儿时跟妈妈赶集的情景，天蒙蒙亮，母子俩面对面吃一碗小馄饨的清早。

记不得儿子第一次吃小馄饨时多大了。每次上街吃饭，问他想吃什么，总是很简单，爸爸，我要吃小馄饨。好像没什么追求。而今的小馄饨，只是形状上比大馄饨小了点，包的肉也多了点、紧了点。小馄饨是我无比信任的民间手艺。老街还能找到几个接近二十年前味道的小馄饨摊，虽味道大不如前，但能唤醒我记忆里的那个小馄饨摊子：一张简陋的四方矮桌、几只着地不平整的小凳子。曾是中年妇女的主人现已满头银丝。她依然麻利地左手捻、摊起薄薄的面皮子，右手捏筷舔上一星点猪肉糜往面皮子上一抹，左手再抓合……如此反复，十几二十只包好后摔入手推车上的锅中。大海碗里有盐、味精、猪板油、青葱以及胡椒粉，沸水冲开，馄饨起锅入碗，口水早已溢出。小勺舀上一只塞入口中，烫。舌头左右拌两下，咽下去，第二只，鼻涕淌下。过瘾。老街已焕然一新，流行的格调和色调，美其名曰：步行街。我是个喜欢整齐的人，整齐的旧，整齐的新，最怕的是上着唐装下穿牛仔裤。街上卖小馄饨的地方都打着"正宗海鲜馄饨"的招牌。我承认你的海鲜不假，可与这片地域上的小馄饨有关系吗？馄饨的皮与馅变成了混血儿，这种整齐多少让我有点失落。

一直有个简单的心愿，带上外婆、妈妈和儿子，一起去找个四代人都喜欢的小馄饨摊尝尝，无奈外婆九十三岁时溘然长逝，四代同堂共享小馄饨之味终究是梦了。遂想，简单的事想做尽早去做，晚了终成憾事……那细盐、香葱、胡椒粉杂陈的悠长味儿。

油　条

　　油条搭白粥、大麻糕搭豆腐汤，这是我最爱吃的两种早饭，我们那儿也常见。也有人油条搭豆腐汤、大麻糕搭白粥这样吃，我偶尔也这么吃，味道未必不好，个人习惯罢了。

　　细长的面团往沸油里滚几滚，肚子就鼓了起来，夹起来放进铁篓格子，稍微晾半分钟，金黄、喷香、松脆。但不能放久，会变得软绵绵的，一点也不好吃。有种饭团，包了这种软了的油条，我爱人喜欢吃，我尝过，还不错。

　　因为面团炸之前用细木棍压过两道，所以油条可以一掰两半，两片又可以分成四片，这是小孩子的吃法，小孩子嘴巴小，整条的塞不进去。

　　不过，我也是这么吃的，吃油条应是享用，不像赶活的人，不掰，直接塞嘴里一口一咬一拉，像是啃甘蔗；再喝两三调羹豆腐汤，几下子就吃完了。

　　梁实秋写北平油鬼，不叫油条，因为根本不作长条状，主要的只有两种，四个圆泡连在一起的是甜油鬼，小圆圈的油鬼是咸的，炸得特焦，夹在烧饼里，一按咔嚓一声。离开北平的人没有不想念那种油鬼的。外省的油条，虚泡囊肿，不够味，要求炸焦一点也不行。

　　油鬼的说法也许源于"油桧"，民间传言与秦桧有关系，这个就不说了。虚泡囊肿？对梁先生的说法，我也只能笑笑了。油条若不是长条状，变成圆的，我大概见了也不想吃。就像同样的面皮和馅，我喜欢馄饨的形状，却不喜欢饺子。这可能是北方人和南方人的区别。

　　我离太湖近，所以能吃到"银鱼油条"，即油条里包了太湖三白之一的银鱼做馅，那个口感真是鲜香。我敢说北方人吃不到，吃了一定是不想放筷的。

　　火锅里也在涮油条了，看了，觉着真是瞎吃吃的。

春　卷

闲下来，我妈喜欢包点馄饨、裹些春卷，变变口味。她喜欢吃，我也喜欢，当然，更多的是因为我喜欢吃。

皮是自己在铁锅上摊的。春卷皮较松，不像馄饨皮、饺子皮，擀得很实。春卷得透气，馄饨、饺子似乎不用透气。

馅主要是青菜，剁点肉糜，也有用萝卜丝的。春天时选料则常用韭菜、荠菜。以前爱吃豆沙春卷，因为喜欢甜，现在几乎不吃了。至于全用肉做馅，我嫌它太荤。南方的春天太富裕，不像北方，吃来吃去就是大白菜，原本就该素些。人们喜欢随口就来句"人间有味是清欢"，却不知"雪沫乳花浮午盏，蓼茸蒿笋试春盘"都是好东西。

春卷也有地方叫作春盘，"盘"给人的直觉是平整，和"卷"完全是两码事。宋人提及春盘的实在太多，陆游、晏几道、方岳、张耒……黄庭坚更是一口气写了好几首关于春盘的诗。春盘、春饼、春卷都与时令的气息有关，相互间自然有渊源。《枕草子》写："正月七日，去摘了在雪下初长的嫩菜，这些都是在宫里不常见的东西，拿了传观，很是热闹，是极有意思的事情。"清少纳言（约 966—约 1025）说的嫩菜指春天的七种草，荠菜、蘩蒌、芹、芜菁、萝菔、鼠麴草、鸡肠草，正月七日采取其叶食做羹吃。其时同于中国的宋朝，两地的吃法虽不一样，好食材是不在乎做成什么形状的。

到清时，《调鼎集》里记载的春卷是"擀面皮加包火腿肉、鸡肉等物，或四季时菜心、油炸供客。又咸肉腰、蒜花、黑枣、胡桃仁、洋糖共碾碎，卷春饼切段"。这个做起来太麻烦，很多好吃的东西未必要如此复杂。

一簇韭菜，一棵麦子，一株大豆，一个做了馅，一个做了皮，一个做了炸的油，相互成全，简简单单，却很有意思。

在山西潞城吃到一种"驴肉甩饼"，香喷喷，油汪汪，用面皮卷上肉制品和凉拌、炒熟的菜肴。他们也喊作"春卷"。

沈从文先生回忆，六岁时和两岁的弟弟同时出疹子，日夜发着吓人的高热，家人已经给他们预备好了两具小小的棺木，"两人当时皆用竹罩卷好，同春卷一样，竖立在屋中阴凉处"。这个比喻很是形象，但读了，一时不想吃春卷了。

馓　子

偶然读到清人刘琬怀的《望江南》（其二十九）："江南好，风味不寻常。席上春盘青笋嫩，茶边寒具玉兰香。那免一思量。"江南不寻常的风味太多了，这画面还真是有点简朴。不过，合我口味。对青笋（莴苣）之爱自不必说了，两道点心也是我非常爱吃的：春盘（春卷）和寒具（馓子）——据诸多考证，恰切地说，春卷属于春盘的一种，馓子属于寒具的一种。

转而一想，点心如此熟悉，和刘琬怀似是乡邻。一查，果然，阳湖人。资料甚少，又是一个生卒年不详的女子，嫁给了金坛一个叫虞朗峰的人，母亲是虞友兰。有意思的是她有个哥哥叫刘嗣绾，字简之，和我孩子的名字一样。刘琬怀有《补栏词》，已买不到，从旧书网上看到影印本，上面有段跋文："昔年家园中有红药数丛，台榭参差，阑干曲折，与诸昆仲及同堂姊妹常聚集其间，分题吟咏，填有长短调六十阕，名《红药栏词》。后置之架上，忽尔遗失，未知何人将覆瓿耶。每思及，甚懊恼，仅记得数十首，馀竟茫然。今来京邸，闲窗独坐，怅触无聊，将所记录出，又成数十阕，为之补栏，续成前梦，亦不计其工拙，聊自一叹耳。琬怀记。"

此为题外话。只是读到此段，我能隐约看见一个惆怅的女子在吃着春卷和馓子。

馋馓子了。买回一盒"金丝馓子",比小时候吃的细而密。大手掰这种小馓子,与以前小手掰大馓子的感觉完全是不一样的。这个馓子产自徐州,蝴蝶外形,脆的确脆,至于"脆如凌雪"的味感我倒是没有。《齐民要术》中记有细环饼、截饼:环饼一名"寒具",截饼一名"蝎子"。皆须以蜜调水溲面。若无蜜,煮枣取汁,牛羊脂膏亦得;用牛羊乳亦好,令饼美脆。而那种截饼纯用乳溲者,就有"入口即碎,脆如凌雪"之感。我有点搞不清到底环饼是馓子还是截饼是馓子了。宋人吴自牧在《梦粱录》中写过杭州"夏月卖义粥、馓子、豆子粥"的早市和"冬闲,担架子卖茶,馓子慈茶始过"的夜市,他老是关注馓子,兴许也是一个喜欢吃馓子的人。他还多次提到一种看盘,列了"环饼、油饼、枣塔",很明显,环饼和馓子肯定不是同一种食物,看它们的叫法,光是形状就有很大的区别,可能都属于"寒具"。

幸好,"金丝馓子"的配料写得明明白白:小麦粉、水、食用盐、大豆油、黑芝麻。不像桌上那袋"苏打饼干",大塑料袋装了十四个小塑料袋,每个小塑料装了四片饼干,还很诚实地写上食品添加剂,有一连串磷、氢、钠、铵等化学元素的字眼,一会儿石头偏旁、一会儿金属偏旁,看了心堵。

馓子盒上印了个图,老奶奶在做馓子,小孙女坐在一旁乐呵呵的。上面还有一首苏轼的《寒具诗》:"纤手搓成玉数寻,碧油煎出嫩黄深。夜来春睡无轻重,压扁佳人缠臂金。"苏轼在徐州任过知州,能为一民间小吃写诗,看来对馓子也很喜爱,还写出了点情欲味。但我对苏轼这首《寒具诗》有点生疑,因为我读过刘禹锡类似的《寒具》:"纤手搓来玉数寻,碧油轻蘸嫩黄深。夜来春睡浓于酒,压褊佳人缠臂金。"虽只有数字之别,但后者读来更入味。

馓,零散的食物。因了"梳妆"的手艺,像妇人的发髻。和油绳不同,油绳是两根面团拧几下炸的,也叫麻花,小女孩梳的辫子就叫麻花辫。

徐州的馓子吃法很多,可以凉拌吃、泡着吃、卷着吃、炖着吃。小时候吃油绳倒是泡上开水加了红糖吃过,馓子我一直是用手一根一根掰了吃的。恰好,数日间去了山东、山西及徐州,桌上竟少不了一道馓子,再摆上蒜叶、葱、黄瓜丝、肉丝、西兰花、酱之类,甚至还有几片咸鸭蛋,都是用面皮卷着吃的。我也学着卷了,很有仪式感,味道还真不错。

不过,馓子我还是喜欢一根一根掰着吃,感觉在数着我的小时候。我的孩子也像我这样吃馓子哝,一边吃一边翻着新买的书,每页都有个油腻腻的小指纹。本想提醒他几句的,还是算了吧,我都活到了能背陆游《西窗》诗"看画客无寒具手,论书僧有折钗评"的年龄,也挺无聊的。

辑戊：旧物

秋 千

祖先抓住藤蔓，肌肉发达，上树采摘野果，越沟追赶野兽，身手敏捷。在晃荡中，他们又有了灵感，在洞穴前架起了我没见过的最原始的秋千雏形。他们每天都在奔跑，为谋生外出寻找食物，毛茸茸的孩子就在家门口的秋千上玩。

一个粗糙简陋的玩具，有了一个好听的名字，可以说是件大事。当年那个毛茸茸的孩子都尚未有汉语名字呢，从他晃荡着只懂咯咯地笑，一晃已晃到陈维崧"些事消魂，剩有秋千断板存"，甲骨上有了心事后，情感开枝散叶。秋千的繁写有"革"字偏旁，原以兽皮制作，血腥味浓，仿佛能听到"鞑靼"重重的靴子声。后来有了两条绳索拴好一块木板的轻巧结构，绳最好是草绳，木最好是楸木，情感朴素，才可以一玩就玩了几千年。据说，这是来自北方的礼物。有个奇怪的民族原以秋千作为军事训练工具，当年齐桓公带兵打败了这个叫山戎的北方少数民族，秋千成了一种游戏用具向南流传，甚至有了"释闺闷"的功效——后宫的女人们年龄老大不小了，还在连续剧里荡着秋千。

我觉得这样最好看：木马上坐了垂髫的儿子，秋千上坐了扎辫的女儿，一摇一晃的快乐非常简单。可我每遇见秋千上的女孩时，心老悬着，怕越荡越高的秋千上，一个女孩会掉下来。

旧雨

恨不得数落那个大意的爸爸,别让秋千摆得太高。

女孩的院子里不能少了秋千。四岁的张爱玲在天津的院子里就有秋千,有大白鹅,有用人,更重要的是有母亲,她每天早晨跟母亲读唐诗。1928年,八岁的张爱玲重新回到上海,和父亲、弟弟一家三口住在武定路一条弄堂的石库门房子里,等母亲和姑姑回来。那房子很小,可能装不下秋千了,于是换了个当年时髦的物件打发时光,"我和弟弟在阳台上静静骑着三轮小脚踏车,两人都不作声,晚春的阳台上,挂着绿竹帘子,满地密条的阳光"(《私语》)。

读诸多诗词,秋千似乎和木马"分了手",老和蹴鞠搭在一起,并且与寒食、清明这样的时节有关。比如《荆楚岁时记》中载,寒食之时,造大麦粥,人们常以斗鸡、蹴鞠、打秋千为娱乐。王维写,"蹴鞠屡过飞鸟上,秋千竞出垂杨里";杜甫说,"十年蹴鞠将雏远,万里秋千习俗同"。有人挺无聊,读了句诗就认为杜甫特别热爱体育运动。其实是王维的性格比杜甫开朗,认为人生可以及时行乐。而五十八岁的杜甫呢?落魄失意,感叹人生就像蹴鞠般踢来踢去、秋千般起起落落,多了份悲凉。

秋千上应该坐了李清照。有人说《点绛唇》(蹴罢秋千)不是她写的,是苏轼所作;有人说,《怨王孙·春暮》也不是她写的,是秦少游所作,弄得李清照好像既没见过秋千也不会写秋千似的。"蹴罢秋千,起来慵整纤纤手。露浓花瘦,薄汗轻衣透。"我分明看得见少女李清照情窦初开的动人样子,她在悄悄地、好奇地望着进门的英俊少年；婚后，少妇李清照满怀心事地在素笺上写下"秋千巷陌，人静皎月初斜，浸梨花"。秋千空荡荡的，她噙住眼泪，缠绵得令人想给她一个满满的拥抱。她的离愁啊，从"雁字回时，月满西楼"到"草绿阶前，暮天雁断"，愁得令人有点心疼。

秋千上应该坐了塔莎·杜朵。我的塔莎奶奶。九十多岁了，住木屋、种花草、做手工、绘画、烹饪……她年岁已高，却眼神清澈，微笑甜美得和少女一般。天气晴朗时，她陪小孙女一起坐在花园里的秋千上，捧一本书来读。她说："我喜欢做家务活，洗衣服、熨烫、做饭、洗碗盘。每当他们让我填调查问卷，问你的职业是什么，我总是填家庭主妇。你不会因为是一个家庭主妇而显得愚蠢。当你搅果酱的时候，你仍可以读莎士比亚。"她穿自己缝制的十八世纪欧洲风格的复古裙装，各种样式的漂亮头巾在头发上整洁地束着，佛蒙特农庄的树林间、花丛里有她优雅的影子。

没有经历过的年代总有几分向往，所以秋千上应该坐了我的妻子。好几次了，梦见回了趟民国。她做好酒菜，穿了身淡绿旗袍，坐在秋千上，教一对儿女念书识字，等我这拎了只箧箱的教书先生回去。

木　马

新愁易积，故人难聚。此为柳三变词《竹马子》（登孤垒荒凉）里的一句。词的大抵内容和情感基调，词题"登孤垒荒凉"已经有了导入，至于何故选"竹马子"这一词牌，确实猜不透他的心思。我把与己无关的元素剔除一遍，就剩这句，也读得我一摇一晃的，身体仿佛也有了节奏。某种情绪浮浮沉沉的，一时说不上来。词牌中的"竹马"二字一下有了立体感，竟让我无故地想起一种玩具来，汉语的牵引力太大了。

其实竹马，让我想起的是木马。如今提起这个名字，更多人的反应可能是一种如我般受过其害却远不懂原理的虚拟病毒。伤不了身体，却伤得了心。我这话似乎又说错了，伤得了心还能说伤不了身体吗？除非，在汉语面前，比如此刻，我放弃一种敲打的方式，回归到笔与纸张，一横一竖地完成我的叙述，回到木质年代的温度里。

有些日子很少去想了，一旦想起却又金光灿灿，一抹微笑已游到嘴角。许多童年往事的画面会常常闪现：垂钓、捕蛙、捉蟹……因为其中的乐趣同时也弥补了生活的所需部分。人近中年，还有谁会想起那只摇晃的木马呢？我感觉少有人想起。大概得偶尔读到李白的《长干行》，青梅，竹马，两样东西开始相互温暖起来，你多少会想起某个人、某段故事吧。

我小时候骑的竹马完全没有马的样子。没有马头，没有马尾，甚至没有马腿。很随意的一根竹竿，长度截得合适，双手握紧一头，另一头着地，夹在胯下，就能"嘚嘚嘚"地疯跑一阵。要让我说那有什么好玩，而今我怕是说不上来了。许多同样玩过的人，他们一定也说不上来。

我的木马倒是样精致的玩具。当年爷爷可是木匠活的一把好手，闲下来就会用打桌子、椅子、柜子剩下的边角料给我做些木刀、木枪之类的小玩意儿，慢慢积攒下来，我变成了孩子中最富有的一个。那年有只短腿的小板凳被爷爷拾掇了一下，四条腿的板凳神奇地换成了弧形底，爷爷还费了根有用的木料，做成马头和扶手。我坐在上面，一个劲地摇啊晃啊，好像那个简单的循环里没有厌倦。我骑木马，配木枪，一根荨麻编织的马鞭甩起来，满身英雄气概。

马和枪似乎是男孩子天然亲近的，难不成血液里有游牧民族的远古记忆？我虽没有见过马，却已能从一根竹竿上感受到马的形象。我的孩子出生后，还没会说话，就挣扎着要坐上那闹市处的木马。这时的木马远比我小时候丰富了。颜色鲜艳，造型各异，起伏时还伴有音乐。我的孩子坐在上面咯咯笑着，小手挥舞着，从一岁骑到了五岁，那音乐也从"世上只有妈妈好"放到了"你是我的小苹果"。他终于对这种木马没有了兴趣，但各种各样的玩具枪还每天在小屋里扮演着重要角色。

我想，有一天，他偶尔也会想起小时候玩过的木马，让他说有什么好玩之处他也怕是说不上来的。我会不会拉着他一起思考这个问题呢？这是一个多大的难题啊。就像王菲空灵地唱着"只为了满足孩子的梦想，爬到我背上就带你去翱翔"，就像"新愁易积，故人难聚"抽丝剥茧般缠绕的忧伤。

  我大概想明白了，我们已经很多年找不到简单的快乐了，比如坐在木马上，那么一摇一晃的简单的快乐。就像柳三变也找不到那种快乐一样：新愁易积，故人难聚。其实他写此词，心情大概也摇摇晃晃，至于有没有坐过木马、想没想起坐木马的感觉，就不得而知了。再读，我就想起了外婆，在生命中的第九十三个秋天离她所有疼爱过的人远去了。而我，依稀记得她背着我穿过乡间雪地的日子，小脚颠簸，一摇一晃。我的眼角有了点垂体，也一摇一晃起来。

手　绢

　　我幼儿园的女同学有几个呢？一下子想不起来了，课间休息蹦蹦跳跳时，别在胸前的花手绢也蝴蝶般飞了起来。可是，我想不出她们的名字了。我93岁的外婆，在去世前一直用着一块洗旧的、皱巴巴的手绢，她的这块手绢唯一的用处就是，玩纸牌时把它打开，里面包了几枚硬币和小面值的纸币，玩牌结束，又将它叠起来。我每想起外婆的时候，她打开、叠好手绢的细慢动作也会随之浮现在眼前。

　　我想买一块手绢了，我四处找不到，货架上堆满了各种款式的纸巾，所以我的口袋里总是带了包面纸，十张的或是八张的，装在一个塑料睡袋里。纸巾的质地不同，有的香香的、柔柔的，用起来非常舒适。有的则较粗糙，擦一下鼻子，还有小碎片粘在脸上，甚至旁人提醒了才晓得把它拨弄下来。这样的时候，我就想念一块手绢了，我却掏不出来。于是，一个时髦的疑问句也爬进了我的脑袋——手绢去哪儿了？

　　我可不可以说，手绢去哪儿了＝时间去哪儿了呢？篱笆、石井、青砖、黑瓦……老朋友般一起围上来。我似乎看见了墙壁上那叠厚厚的纸历，奶奶每天都会撕下一张，她从厨房进入堂屋，双手在打过补丁的围裙上揩一揩，随手掀起那张数字的面孔，轻轻一拉，那么从容，仿佛也是一种劳动，她一天也不会忘记。此刻回味，会觉得那一页长方形的时间很像一块手绢的样子。

以前，父亲的口袋里老放着一块手绢，叠成很平整的四方形。而我的手绢，总用得皱巴巴的揉成一团，那时候觉得，把手绢叠平整是大人才会做的事。我所要会的，就是跟老师学会用手绢叠成一只小老鼠，和小伙伴们围坐在操场的草地上玩"丢手绢"的游戏。有时触及某种温暖，感觉一下子把画面拉了回来，再嘴角微扬去搜索细节，又一下子变得遥远了，越想越遥远。你还能记起游戏里坐在你左边的是男生还是女生吗？你还能记起坐在你右边的同学叫什么名字吗？不能，只有手绢还在不同的小手里捡起又丢落，而小手主人的脸早已模糊不清。

一块晒干了，一块去洗了，两块手绢不断地交替着日子，呵护了我洁净的少年容貌。露重了，霜浓了，几口湿冷的空气吞咽后，小男孩的呼吸声有了堵的节奏，随后两行黏黏的液体在节奏声里出现，消失，出现，消失，变得越来越长、越来越粗，渐渐延到了上嘴唇。小男孩开始控制不了液体的重力惯性伸出舌头，舔出了一个弧线，微微的咸，他的小手在左右口袋掏来摸去，最后提起袖管擦了几下，液体不见了。而在鼻孔与袖管之间，因为阳光的加入，拉出了一丝亮亮的线条。小男孩，你是不是忘记带手绢了？这个小男孩大概是你，也会是我，一个每天都不带手绢的男孩就是你那个绰号叫"鼻涕虫"的同学。谢谢手绢，替我对付了尴尬的鼻涕。是的，手绢于我的生活性质就是揩涕，抹泪，擦汗。它不是二人转里的道具，也不是故事里的定情信物。大小姐往情郎手里塞了某物后羞答答地掩面躲开，青年才俊仔细一看是块绣工精美的香帕，他醉人地嗅了几下，纳入怀里。那手绢会舍得用吗？我是不舍得，那会弄脏情意的，就像有人往嫩绿的草地上吐一口浓痰那样没了兴致。

赫塔·米勒2009年诺贝尔文学奖获奖演说的题目是《你带手绢了吗？》她说妈妈在她每天上街之前都会站在门口问她一句"你带手绢了吗"，赫塔·米勒讲述的手绢不仅是母爱，还有人格、尊严的话题。但这样轻轻一问，首先让我想起了小时候妈妈装在我衣服口袋里的手绢。我也开始反问自己——有多少年没有带手绢了？至少有20年了吧。20年用坏的手绢与20年用掉的面纸相比较，常常变成了一个被人忽略了的问题。那么，又有多少人不再用手绢了？每天，每月，每年，我们都不带手绢了，我们习惯了面纸的便捷。我想问一个问题了，有多少棵树被砍伐掉、被我们随手一擦扔掉了呢？有个数据说，我国年人均消费纸巾1.74千克，意味着每年有1000万立方米的森林被砍掉。1.74千克？一顿晚餐下来，一包纸巾明显会薄下去许多，我自己也不相信这样的数据。我跋山涉水去看一片森林时，被人擦掉了，一棵树是会哭的，一棵树也是一个孩子，我的森林挂满了眼泪和鼻涕。

父亲也早不用手绢了。这几天我一直想买个什么样的礼物送给他的60岁生日，而他好像什么也不缺，就缺了一块手绢。

想到这，我陡然觉得这真是件很不错的礼物，让他像年轻时那样，每天叠成平整的四方形。窗外的天空，老是那种令人厌恶的灰蒙蒙的不适，我也活在了感叹声的丛林里。可是你埋怨什么呢？为了一个好的循环，我可不可以说一句，从明天开始，你可以带手绢了吗？

蓑 笠

黄图珌认为"引古"应该这样：引用典雅，妙在无斧凿之痕，如美璧无瑕，明珠成串耳。我觉着吧，做到这点挺难的。可事实上，我写文章似乎离不开"引古"这个习惯。就像妈妈锄地，一锄头下去掀开一个土块，她会随手将锄头反过来将其敲碎，扒弄平整。所以"引古"很难"无斧凿之痕"，做到"平整"已是不易。我写着写着，就想和古人"交谈"一下。

本来想以《帽子》为题，似乎没了古意，而且冒出一个词"衣冠楚楚"来，听起来整洁，实则有骂人之味。而《斗笠》不同，一写下这两个字，柳宗元就出来了："千山鸟飞绝，万径人踪灭。孤舟蓑笠翁，独钓寒江雪。"

一"引古"，唐代和共和国是那么近，就在一张纸的上一行和下一行，我陶醉于这种美妙感。或者说张岱也起身了，他"拥毳衣炉火"打算去西湖边看雪，"大雪三日，湖中人鸟声俱绝"，他穿的是毛皮衣，至于"舟中人两三粒"什么打扮，我可以认为穿了蓑衣戴了斗笠。反正，几个年代的雪又下到了一张纸上。

蓑衣和斗笠，都是遮雨的工具。前者用不易腐烂的蓑草或棕树丝编织成厚厚的衣服，后者是用竹篾编织的宽边帽。说是遮雨的工具，还不如说是劳动用具，耕夫和渔夫都是谋生活。

二十世纪七十年代的化纤革命，雨衣把帽子和衣服整合到了一起，轻巧简便，蓑衣和斗笠慢慢被挤出了日常生活。一些发明，删繁就简，抽打着古老的中国手艺和情感，都变成了轻飘飘的事物。

本家张志和写过《渔歌子》，说的是"青箬笠，绿蓑衣"穿戴的渔翁冒着斜风细雨不想回家，那是因为时逢桃花水涨潮，眼前有肥美的鳜鱼游来游去。那春雨小，西塞山前的白鹭也不怕，自在地飞着。崔道融遇见的是夏雨，又密又急，野鸟都被压得飞不起来。"耕蓑钓笠取未暇，秋田有望从淋漓。"耕夫和钓者都没来得及去取蓑衣和斗笠。很多时候，蓑衣和斗笠似乎不能分开，成了劳作的随身物品。

古人也"引古"，张志和的《渔歌子》就被苏东坡"抄袭"成《浣溪沙》，美其名曰"檃括体"；后来黄庭坚也来抄了，抄成《鹧鸪天》；然后朱敦儒接着抄下去。想来，这青斗笠和绿蓑衣的组合太迷人了，我仿佛看见大半个宋代都这么打扮。张志和凭这首《渔歌子》，完全可以撑起"唐词"的半片天空，更别说还有李白的《菩萨蛮》、戴叔伦的《调笑令》、白居易的《长相思》、刘禹锡的《潇湘神》等词的阵容。

若我披蓑衣戴斗笠，那当是江湖夜雨时，我轻功甚好，踩柳踏竹，那个贼子回头间，白光一闪，我的刀已归鞘。若给我件塑料雨衣，我怎么也找不到侠客的感觉，它一点也不配我的刀法，那就扛把锄头去田里干干农活吧。

觉着蓑衣和斗笠不能合并为一个词语，有点可惜，仿佛汉语有了缺憾。后读《仪礼》"道车载朝服，槀车载蓑笠"，原来周代就有了"蓑笠"这个词语，不免暗暗心喜。再读《天工开物》"纨绔之子，以赭衣视笠蓑"，汉语真有点不讲理了，连倒过来成"笠蓑"也可以啊。看来，对于劳动者来说，蓑和笠是平等的。于是，我干脆开心地把《斗笠》的文章名改为《蓑笠》。

牙　齿

老做那个掉牙齿的坏梦。一颗牙齿掉了，一整排牙齿像多米诺骨牌倒塌般脱落了下来。然后惊醒，用舌头舔一舔、数一数，还好，依然只少了一颗。我的牙齿非常糟糕，又害怕去看牙医，于是，几年下来，牙龈萎缩得厉害，牙齿像海滩上退潮的贝壳，有好几颗都松动了。那个"目若玄珠，齿若编贝"的少年形象已离我远去。其中一颗门牙，被两边的兄弟挤出了门，凸在了一排牙齿前面，以至有个女同学某次见到我时那么地惊讶，我记得你的牙齿是整齐的啊，怎么这个样子了？

牙齿这么丑了，有时候我都不好意思和陌生女性多说话，我觉得会影响别人的心情，就像我牙齿整齐的时候看见异性的龅牙、兔牙、虎牙也会别扭。现在看来，牙齿漂不漂亮是次要的，最关键的还是它本身的实用性，我再也不能一把把地"甩"烤串了，松动的门牙失去了"切"的功能。有次见曹寇啃东西，好像是一块猪蹄，啃着啃着上面的门牙掉了下来，他从桌底拣起后擦了擦装进上衣口袋。见我疑惑地望着，他"嘿嘿"一下说，义齿，还没来得及去种牙齿。从他那个洞口，光阴仿佛正从我们的体内泄出来。

我知道，很快别人也会看着这一幕在我身上发生。一直想去拔牙吧，总是担心被牙医一检查会拔去好几颗，就告诉自己再等等。等着等着，终于体味到了某牙膏的广告"牙好胃口就好"的真谛，牙好的时候总觉得这样的广告词挺搞笑的。啃甘蔗已是陈年往事，随手拿个苹果咬咬也是好几年没有的事了，许多水果我只能切成片，塞嘴里嚼嚼。真的，我现在特别羡慕一条狗，能把骨头嚼碎吞下去。我甚至傻傻地想，如果人活着只要喝喝酒不用吃饭多好啊。

我把掉落的第一颗牙齿装在了一个放糖果的小铁盒子里。那是颗磨牙，左下边的，哪一年乳牙脱落后换的已经记不得，1998年时补过一次，到2011年彻底离开了我的身体。从那一刻开始，我就一直觉得妈妈给我的身体已经是残缺的了，人生的每个第一次，我都会看作是自己的历史性事件。比如，我得习惯用右边的磨牙咀嚼食物。

张简之2016年的夏天拔下了第一颗牙齿，门牙下边的那颗，我看着他的"豁口"就想笑。我不知道他是怎么发现我那只小铁盒的，他把那颗牙齿装了进去，说要把牙齿和爸爸的放一起，这一个举动让我觉得无比温暖。一颗晶莹如玉的小牙齿和一颗浊迹斑斑、残留着烟酒味的大黄牙睡在一个屋子里，我觉得这是孩子最勇敢的决定。秋天的时候，张简之又往里面装下紧挨着第一颗掉落的牙齿旁的那颗，他兴奋地说，爸爸，我有两颗了哟，你快点掉第二颗啊。这时，我有点心酸了。在数字面前，我无法与你赛跑了，你很快会换上一口整齐、坚固的牙齿，而我，即将开始无奈的假牙时代。

"皓齿初含雪""绛唇含白玉""方口秀启编贝齿"……许多诗人把牙齿写得亮晶晶的，只有白居易和我同病相怜。他的大女儿金銮子夭折后，在四十五岁时生了小女儿阿罗，"吾雏字阿罗，阿罗才七龄……我齿今欲堕，汝齿昨始生"，看来阿罗换乳牙的年龄和我儿子差不多，都是七岁，但白居易掉牙齿已是五十多岁了。即便"鬓发苍浪牙齿疏，不觉身年四十七"也比我幸福些，我尚未满四十岁啊。可以确定的是，白居易的牙齿也很糟糕，常被牙疾困扰，我发现他写过许多关于牙齿的诗，和我情况差不多，都挺郁闷的。吃点水果吧，会"老去齿衰嫌橘醋"(《东院》)、"齿为尝梅楚"(《和三月三十日四十韵》)，漱个口吧，会"齿伤朝水冷"(《不如来饮酒》)、"秋泉漱齿寒"(《祭社宵兴灯前偶作》)，然后慢慢地有了"壮齿韶颜去不回"的感叹。

还有一个人牙疾也很严重。韩愈写了首长诗向刘师服诉苦："羡君齿牙牢且洁，大肉硬饼如刀截。我今牙豁落者多，所存十馀皆兀臲。匙抄烂饭稳送之，合口软嚼如牛呞。妻儿恐我生怅望，盘中不饤栗与梨。只今年才四十五，后日悬知渐莽卤。朱颜皓颈讶莫亲，此外诸馀谁更数。忆昔太公仕进初，口含两齿无赢馀。虞翻十三比岂少，遂自惋恨形于书。丈夫命存百无害，谁能点检形骸外。巨缗东钓倘可期，与子共饱鲸鱼脍。"再过六年，我也四十五了，会不会也是"匙抄烂饭稳送之"的情形呢？回头想想，那些写亮晶晶的牙齿的诗人牙齿也未必好，不好才羡慕那些整齐又漂亮的牙齿的。看来，对大多数人来说，这一辈子也是一场与牙齿的战争，在乳牙和恒牙两套牙齿间徘徊、苦闷、挣扎。有没有奇迹可以发生呢？比方说，在我四十多岁时，开始换第三套牙。

牙齿好不好多少有些遗传吧，这个问题我没问过医生。爸爸六十多岁了，牙齿坚固，不痛不缺，妹妹就像他，从来没牙疼过。而我很多地方遗传了妈妈，她镶了一大半假牙，还告诉我生下我不久就拔了两颗牙，那时牙医的医术无法和今日相比，那牙也未必定要拔掉，可她毕竟才二十几岁。所以，我现在煮饭、烧菜，尽量把它们做烂一点。

牙的释义里，也特指象牙，可见牙雕艺术的古老。我时常去野生动物园逛逛，大象不是我故乡的动物，但它背井离乡在我的故乡住下，我也爱它。这不由得让我想起一则公益广告：小象兴高采烈地对妈妈说"妈妈我长牙齿了"，象妈妈一言不发继续走；小象一脸迷惑："妈妈我长牙齿了，妈妈我长大了，难道你不为我高兴吗？"象妈妈怎么高兴呢？她知道，牙齿是孩子成长的标记，而在大象的世界里则意味着"艺术家"们的纷纷出现。大宗象牙走私案屡屡发生，动辄以千根、数吨计，和这些"艺术家"们脱不了关系。当他们抿一口清香的碧螺春，欣赏着一件新完成的作品时，有没有想起拔牙的痛？

儿子的第三颗牙齿是他在学校自己拔下来的。我去接他放学时，他从口袋里翻来翻去找了出来，小心翼翼地交到我手中，我把它装在了我的口袋里。后来，我还没来得及把这颗牙齿取出来放进那个小铁盒就弄丢了。我在屋子里找寻了一遍，没有错过任何一个角落，还是没找到。我难过了好一阵子，真的，为了一颗孩子的乳牙。我永远忘不了他在口袋里翻找它的那个瞬间，像一个孩子向老师交上一份满意的作业那般认真。

照　片

　　我很沮丧，竟然找不到一张和外婆的合影。我无法领回全世界唯一的外婆，搂着她拍一张相片了，让微笑挨紧微笑。使用了摄影艺术二十多年，我粗心得没有给过她一个镜头，得以还有一种继续表达我和一个如此疼爱我的人之间的存在方式。其实，我们经常使用着"错过""失去"的"艺术"。

　　我的出生，就生活在外婆的老年中。现在平面的她被挂在三舅家的堂屋，她的微笑不会再变老了，而我将年复一年地老去。如果能活到外婆的年龄，五十五年后，一个九十四岁的老人还能时常去看看自己一百五十三岁的外婆。一个九十四岁的老人会对着住在相框里的另一个九十四岁的老人说点什么呢？我真的一点也不知道。

　　外婆离世前的隔天清早，我问她想吃点什么，她无力说话。我说小馄饨可以吗？她微微点了点头。我现在怀疑连她点头的那个瞬间都没发生过。那个小镇的馄饨摊，为一个活过近百年的老太太下了最后一碗小馄饨，她也最后给身体添加了一点点盐、香葱、胡椒粉、猪板油的味道。守夜的那天，我让年迈的舅舅们、妈妈和小姨全部早睡，搬了箱啤酒，独自坐在棺材边，想着"我只认识老了时候的你/小脚，小路，挽只小竹篮/三十多年你这样打扮了我的记忆/池塘边，/竹园里，/桑树林，/你找我，你到处翻不到我/你在我眼前拭干额头的惊吓"，边说边喝边哭得稀里哗啦。

今天，当我坐在这里想你、写你的时候，遇见了一个美好的词语"草飞莺长"，却遇见了巨大的悲伤。我才想起你，孔美英，虽进不了家谱，你的兄弟也是孔子的第七十七代孙。这第七十七代里，种地的种地，养鱼的养鱼，好像没有几个认得了字的。你也许到离去喊着我的小名时还不知道我有个笔名。

来北方快两个月了，每天翻看家人的相片变得越来越日常，现代物品有时真好，让我可以把一家子带在枕边。有一张拍的是爸爸、妈妈、妻子和孩子吃晚餐的照片，那照片看起来有扇为我打开的门，我多想走进去，到厨房给他们做几道可口的菜，然后倒杯酒，在我常坐的那张椅子上坐下来，心满意足地看着他们吃。

想起儿子两三岁时看到我小时候的照片，妈妈扶着一辆"永久"牌自行车，我坐在前座绑得十分牢固的板凳上，他叫他的爸爸"哥哥"。妻子纠正说那是爸爸，他回过头喊"哥哥爸爸"。甚是可爱。而这种珍贵随着照片的年月变动，他的五官和言语不得不让我面对他越来越像大人的事实。

十多年前因为搬家，我弄丢了自己在这个世界上的第一个影像：满月照。当时只是觉得很可惜，十多年后想起"我那时候/脸蛋圆润/酒窝也好看/眼睛比人类尚未出现的湖水还要清澈"，心疼得想哭。我把三十八年前的脸弄丢了，它此时可能已经完全消失于世间，也可能长在某个废品店的角落里，和《毛主席语录》或1979年某张旧报纸的头版头条睡在一起。真的，我愿意花光我现在所有的积蓄去换回这张旧照片，把它献给我的妈妈，她可以捧着刚满月的我，暂时忘记一下胡须、白发、烟酒缠身的清瘦孩子，回想她二十多岁时的光景。

慢慢地，我的照片不断贴在各类学历的证书、申报的表格、无聊的新闻上。一寸、两寸的不再纯真的微笑，让我想起村口老树上挂着的枯黄的丝瓜。我也终于像爸爸妈妈的结婚照那般，和一个姑娘镶嵌在了一起。在白纸黑字的婚姻里，"共牢而食，合卺而酳"，传宗接代，模仿《诗经》里"执子之手，与子偕老"的样子生活。我还藏有一本相册，好多年没打开了，里面贴满了九十年代末交笔友时许多女孩寄来的照片，加上暗恋的、初恋的、失恋的各位姑娘，厚厚的，你们丰富过我一去不复返的青春，我收藏了你们二十岁之前的容颜。

兴许是离家久了的缘故，美美地想着这些时，却突然想起《古诗十九首》中的第十四首《去者日以疏》，是两汉时一个没留下名字的人写的："去者日以疏，来者日以亲。出郭门直视，但见丘与坟。古墓犁为田，松柏摧为薪。白杨多悲风，萧萧愁杀人。思还故里闾，欲归道无因。"原来那时就有"古墓犁为田"啊。

我倒是说不上有那么多感慨和辛酸。只是想起这两年因墓而常和爸爸妈妈说起的话题：有了时间，我会去江西的景德镇

旧雨　　173

待上一段日子，学会烧得一手好瓷，然后以我精湛的手艺只完成一件作品——一只带相片的青花瓷，用来装你们的骨灰，我要把你们的面容烧得十分清晰，摆在家里，没有雨打风吹。走到哪儿，都会带在身旁。

竹篱笆

江南越来越像一枚用来赏玩的古铜钱，握在手心里尚觉到一点分量，铜钱上的花纹和年号早有些模糊，但它的金属质地毋庸置疑。幸好还有个方孔，幸好这个方孔不是太大，你眯上一只眼举着这枚铜钱慢慢移动，恰好还有那么一尺乡野填满这个方孔，给你一点江南还未远去的错觉。竹篱笆就是这一指间的吉光片羽。

读到一篇文章，说江南篱笆是一个忘却的故人。不免心生惆怅。只见一叶秋来，线装的《菜根谭》掀到"雁渡寒潭，雁过而潭不留影；风吹疏竹，风过而竹不留声"那页，世事真如过眼云烟。于是，一个感伤的词语"八十年代"扑面而来，舌尖有股淡淡的无可奈何的味道，江南篱笆就是曾经出落可爱的邻家妹妹，那妹妹的眼睛里还流淌着一个小小的院子，而眼角的鱼尾纹却有了一丝江南篱笆的沧桑和韵味。

平原上青灰色的村庄，枯黄色的篱笆亲切地点染其间。它们疏密得当，色彩熨贴，弥漫着几分"青灯黄卷"的古意之美。我也曾少小离家乡音未改，猛一回首，白发苍苍的祖母已老得快有点留不住了。我的故乡没有古道西风瘦马的景象，于是忍不住略改马致远的小曲《天净沙·秋思》，"枯藤老树昏鸦，小桥流水人家，浣妇黄狗篱笆。夕阳西下，少年人在天涯。"也颇觉有几分味道。

我向来不喜欢囚、囹、团、囡、囫、囵、围、困之类的全包围结构的汉字，密不透风，有点喘不过气来的感觉。"坊之多而知风化之美，巷之多而知民居之密"，似乎说的是雕式精美的江南牌坊是城市和街巷的滥觞，却意在教化，尚未彻底民间，民间就地取材筑起轻盈疏透的篱笆⋯⋯脑后忽听见劈刀游走于竹身"哗哗"的声音，清脆落地，一滴一滴。汉子臂力与腕力相互作用的形刀技法宛然在目。江南的竹篱笆是大方的，江南的竹篱笆藏不住秘密也藏不住话。江南的竹篱笆那么温和，它与栅栏性格不同，它没有栅栏冷硬的光芒。

我读江南的竹篱笆像读《幽梦影》，读栅栏则是一部《孙子兵法》。

《齐民要术》的园篱可以又栽榆树又栽柳，等斜的柳和直的榆都长到和人一样高的时候，再混起来编。长过几年，大家挤在一处，彼此逼着，枝条和叶子相互交错，很像房屋的窗棂。我看这似乎复杂了点，它不符合江南清秀的性格。竹，江南独特的瘦。篱和笆是姓"竹"的，是外公和祖父的手艺，透过竹子左右交叉出的菱形，我美美地阅读着田野上的蔬菜与庄稼。虽无南山悠然，却也可观得篱边小王国的个中美妙。江南篱笆是会说话的，蜜蜂、蝴蝶、蛐蛐、野花⋯⋯它们说的是轻柔婉转的吴侬软语，明快悦耳，像水乡的鱼鳞在波光中熠熠生辉，奔放却不失含蓄。

我自小就是个无远大抱负的人，如果说恩格斯所言"就世界性的解放而言，摩擦生火还是超过了蒸汽机"，我大概是个享用人工取火的文明就已满足而不需要蒸汽机时代的人。这样的说法虽然不甚厚道但也不至于虚妄，蒸汽时代的速度把我液态的江南灵魂蒸发为气态物质，无声无息地消散了。我尚不是清心寡欲到可以梅妻鹤子、樵婢渔童的人，我想我可以是个一袭青衣长衫的文弱书生，略懂耕作之道，在黄昏时分给纺纱织布的妻子读读两千五百年前的老子所写的"小国寡民。使有什伯之器而不用；使民重死而不远徙。虽有舟舆，无所乘之，虽有甲兵，无所陈之。使民复结绳而用之。甘其食，美其服，安其居，乐其俗。邻国相望，鸡犬之声相闻，民至老死，不相往来"。我相信这样的理想状态是可以客观存在的，院子的篱笆就像醒目的明世箴言，与世相处之道，不能过隔也不能过于亲近，若即若离为美。

江南篱笆是一个忘却的故人。这话真好。没读到这句话之前我是万万想不到的。当我听到卓依婷已唱起《我的眼泪不为你说谎》时，耳边分明还能听见那位清纯的邻家小妹曾经清脆欢快的《农家小女孩》："竹篱笆呀牵牛花，浅浅的池塘有野鸭，弯弯的小河绕山下，山腰有座小农家，戴斗笠呀光脚丫，小河旁尽情来玩耍,搓泥巴呀捉鱼虾,农家的生活乐无涯。"转念一想,我们都已经是三十好几的人了。

  有谁不是一个被岁月催老的故人?一个人的童年就是他三十岁时的故人。竹篱笆呀牵牛花,那里有我折了根竹竿指天为剑画地称雄的童年。

拨浪鼓

　　汉语的四字结构比较平稳，且大多有几分精妙之处。比如日薄西山，一个"薄"字就有惊人之美，暮气也像被袖子一挥抹掉了些。可也有刻薄的，比如眢井瞽人，一个瞎子原比常人要过得不容易，还要把他安置在一个枯井中，这比坐井观天还要痛苦，后者至少能看看一块云、几只鸟飘过。

　　写以上这样一段，似乎和题目没有一点关系。《夏书》有"瞽奏鼓"，其实我也就先为一个"瞽"字多穿了点"衣裳"。

　　孩子出生时，我替他领受了许多关爱他的人送给他的礼物：来不及穿的漂亮小衣服，印有外文字母的奶粉，还有好几个大小不一的拨浪鼓。他躺在摇篮里，我就用拨浪鼓逗他玩，他的眼睛随着拨浪鼓时左时右地交替，芟白似的小胳膊也舞了起来……我看见了世间最美丽的一种东西——牙床里光滑的笑容，心中的暖意像正在熬的米粥从锅盖处潜了出来。

　　清脆的"咚咚"声又在耳旁响起。你的嘴边是否漾起了麦芽糖的甜味？换糖佬来村里啦！"咚咚"声像学校的下课铃一样，全村的孩子激动地各自跑回家，找来平时积攒的牙膏壳、破胶鞋、旧电池、锈铁丝……从筷笼里抽根筷子，飞快地围到了换糖佬身旁。根据孩子所持之物多少，换糖佬拿着铲刀从麦芽糖饼上切下大小不等的糖块（换得糖少的孩子会央求再饶一点，换糖佬也会多切那么一小条）。我们把糖绕在筷子上，边舔边散开。一把拨浪鼓的清洁精神，使得那时的乡村几乎找不到任何垃圾，那时的乡村真干净啊！

我的孩子离开摇篮开始学步后好像没怎么玩过拨浪鼓，他对这种玩具没什么兴趣。然后他学会了奔跑，手中握住的是各类刀、枪、汽车、飞机，安静下来时，也只是手指划来划去，咬着苹果在"苹果"上切西瓜。他大概没有记住拨浪鼓的声音，他更不知道，这种声音里有父亲挥之不去的永远的记忆，那一丝丝清贫的甜。

在南宋李嵩的《货郎图》上，我辨识着一千年前孩子的中国神情，和我小时候没有什么不同。三十年后，那种珍贵的表情慢慢消失了，我不能说出我的难过。人类都有童年，有童年就会有玩具。拨浪鼓，我隐约觉得应该是某种乐器，然后再转换成了一种玩具。人类童年的很多玩具好像都与音乐有关，比如一枚树叶，一根青麦秆。我的孩子已无缘田野边的美好事物，反反复复地看那部《熊出没》，一遍又一遍，一点也没有厌倦的神情，然后成了无数孩子中的一员：左手提了把光头强的电锯，右肩扛了把光头强的猎枪。我理所当然地变成他的目标：站住，臭狗熊！

那几把祝福他来到世间的拨浪鼓，像他没来得及穿的小衣服一样，安静地躺在某个角落里。而我，却在寻找它的声响。这名字的来由让人无从想象。拨浪，拨浪，怎么会拨浪呢？在礼乐并重的古老年代，它的身影大概已经在"有瞽有瞽，在周之庭。设业设虡，崇牙树羽。应田县鼓，鞉磬柷圉"里出现。"鞉"同"鼗"，一种宫廷乐器，不知何故流入民间。那时候，盲人们担任周王室的乐官，视力正常的人反而做他们的助手。"瞽蒙掌播鼗、柷、敔、埙、箫、管、弦、歌"，鼗即两旁缀灵活小耳的小鼓，有柄，执柄摇动时，两耳双面击鼓作响。是不是看到了拨浪鼓的容貌？

　　我突然有点黯然神伤，拿起被孩子抛在一边的拨浪鼓，像小时候习惯的那样，双手搓起鼓柄，看它双耳甩动，"咚咚咚"。孩子，将你钟爱的玩具放一放，陪我回我的童年走一趟，好吗？答案是：我睁着眼睛，也像是"瞽奏鼓"。

田字格

孩子在写作业，嘴巴里嚼了块口香糖，抄杜甫的《春夜喜雨》时不再那么一笔一画。我觉着他写字的速度快了，本子上的线条底纹似乎有了变化，随手翻了下本子的封面，"方格本"。于是问他，你们不是用"田格本"吗？他说，那是一年级用的，我已经二年级了。那口气，听起来一年即有隔世之感。

我到四十岁这年，才琢磨起一个问题，为什么我最初的汉语书写会从"田字格"格式开始呢？一个"口"里面一个"十"。有时还用一种本子，一个"口"里含着虚线部分，那是一个"米"字。

孩子在写字，写得很自如，像一块原野草长莺飞。我默念宋人陈与义的"田垄粲高低，白水一时满。农夫暮犹作，愧我读书懒"。坦白说，我这人读书不勤也谈不上多懒，想起这些句子，却因孩子的作业本换成"方格本"时，仿佛看见了莳秧时节，灌溉之水一下将畦藏了起来，白茫茫的，只有方方正正的垄露在外面。

平日，田野之垄围起地的属姓，田野之畦就如"田字格"的虚线，更像是一种"家规"，作物生长显得比较素净，整齐。我们写字也因了那虚线，有了横、竖、撇、捺的基本规范，一个字的偏旁部首长在一起，如那些生长空间恰好的瓜枣，不歪，不裂。我见有些大人物，连起码的横、竖、撇、捺都没受过规范，写的字真不如我二年级的孩子，还好意思到处题字，不得不佩服他们的胆子。

小时候用的铅笔，真是很好的结构，一头削了写字，一头镶了块小橡皮。我在《收集》中描述过："铁皮文具盒上的乘法口诀／不会生锈……那里还躺着一支削尖的铅笔／它倒立的粉橡皮／没有擦去女孩的名字／她的两条黑辫子／在方格子里摆动／她的微笑三十年不老。"这里说的是我的女同桌。她成绩优异，字也写得比我漂亮，由于家中条件不好，时常买不起新本子，以致作业本写到最后一页，她不得不用很好的技术从第一页擦起。尽管她那么小心，那么认真，像对待一种艺术，第一次铅笔压出的痕迹还是擦不去。她第二遍使用本子时，往往会因为作业量的不同，写了一半已"路过"第一遍时老师用红圆珠笔画下的好看如蝴蝶的"优"。那个老师曾批评过我的女同桌，快换一本新作业本。每想起她脸红耳赤的窘迫，觉着这可能也算女人最美时刻的一种。

西部某山村小学的操场上，画出了十四乘以十的土"方格本"，五星红旗迎风飘扬，孩子们声音清脆，一起朗诵一首绿意盎然的小诗："我家住在小山村，清晨太阳从东方慢慢升起，阳光洒在山坡上，洒在木林里，野花一朵朵遍地开放，蝴蝶来了，蜜蜂也来了，夜晚月亮悄悄地把月光带进村子，星星眨着眼睛，好像在听老奶奶讲故事。"字迹稚嫩，看起来还没有我那二年级的孩子不需要"田字格"的虚线在方格本上写得好。这是《上学路上》的开头一幕,因为第八句最长有十四个字,所以操场上才画出了这样的行列。第四句其实是"洒在森林里",那个默写的孩子忘记了这个字的写法,在那个方格的上半部分写了个瘦弱的"木",那个孩子还是受过"田字格"的规范的,即便写不出来,还留了地方给字的另一半。老师拎着王二瓜的耳朵问,为什么把"森林写成木林"?森林和木林一样吗?王二瓜答不上来,反问老师森林是啥样的。老师一时无法回答森林到底是什么样子的,转身问孩子们森和林加起来究竟有几个木。学生们和老师以袖管答数字的方式分别有了"木林","森森","森森木"的答案。这画面颇为有趣,却也能看见西部的荒凉大地上,人们对一片"森"的绿色向往。

多年来,我一直有收集各种笔记本的习惯,书柜上有好几格摆满了它们。这些本子怕是我写一辈子也写不满了,但每遇到那些本子,印有一帧喜欢的图案或一个心动的句子,我就忍不住买了回来,更不用说看见那种封皮上粘了各类小花草标本的了。这一堆本子中,唯独缺了"田格本",想想,得补上。

油纸伞

崇祯五年十二月，也就是 381 年前冬天，大雪三日。三十六岁的张岱在西湖写《湖心亭看雪》，他斗笠蓑衣，起笔："……雾凇沆砀，天与云与山与水，上下一白……"那年的我如我经年，三十五岁，撑一把油纸伞欣然而往，酒酣，随口曰："湖上影子，惟长堤一痕、湖心亭一点、与余舟一芥、舟中人两三粒而已。"张岱惊讶地看我一眼，问，兄台何人？我答，阳湖张羊羊。他继续问，为何与余所思之句一样？我答，好句怎能陶庵兄一人得之？我们相视一笑，把酒言欢，说的都是相见恨晚的话。

又说醉话了。我所认识的油纸伞，笨笨的，重重的，躺在二十世纪八十年代的门角落，古旧的淡黄色，像体弱多病的长者，和门楣上被雨水冲刷淡旧的横批，没有一丝江南明快的元素。稍有时日不用，猛一打开，里面已有蛛丝缠绕。然而伞和潮湿多雨的江南是分不开的，一季淅淅沥沥的梅雨更像女性的生理周期，屋里屋外整个湿汲汲的，一个人的心都差点发霉。

无论伞的寓意有多少，它的出现应该大致与两个功能有关：遮雨、挡阳。前者是人类集体的生理需要，后者大部分源于女性爱美的心理，如果大晴天的一个大老爷们儿也撑把伞，怕是要被路人笑煞了。雨伞，我的家乡却习惯叫阳伞，兴许水一般的江南女子更加爱惜自己白皙的皮肤，小媳妇回娘家，大晴天的也要打把伞，而太阳分明不是强烈到值得手里多那么一个累赘。

有时候，我觉得阳伞可能要叫洋伞。那个时代集体登场的生活用品还有洋油、洋灯、洋机……我小的时候很早就撑到洋伞，看到同龄的孩子撑着与个子比例很不协调的油纸伞，心里会顿生优越感。我很神气我有轻巧的洋伞（铁做伞骨，蒙上绸布）。然而遮风避雨的话，还是那油纸伞实在，风大一点，我那把小洋伞的伞骨会整个翻了身，打伞很费力，就像用鼻子顶起一个倒置的酒瓶。但我的内心还是不允许"洋伞"这样的叫法，中国制作伞的悠久历史，怎能和"洋"扯上关系？

选竹，做骨架，上伞面，上油。油是桐油，取自桐树的果实，清澈透亮。伞在用纸做伞面之前长得很丑，"劈竹为条，蒙以兽皮，收拢如棍，张开如盖"，头上顶着个尸体，怕是别扭得很。别扭归别扭，倒是实用，因为实用，才会衍生出改进它的智慧。旧日江南的吆喝声，印证着平常百姓很懂过日子的品德。"磨剪刀，铲白刀，修铁锅，补阳伞"，伞破了还会好好补，补了还补，修修补补，于是繁荣了那么多的传统行业。而今，不要说补伞了，用得稍旧了就会扔掉。若我是旧时进京赶考的书生，不一定要碰上《聊斋》里的狐女缠绵一夜，一把油纸伞大概是必不可少的实用工具。

古镇，老巷，加把油纸伞，仿佛更接近美人和爱情，难以想象戴望舒穿过巷子时的傻样,"撑着油纸伞,独自/彷徨在悠长,悠长/又寂寥的雨巷,/我希望逢着/一个丁香一样的/结着愁怨的姑娘"。1927年的夏天,政治动荡,大革命失败后,青年戴望舒心情不是太好。好好一把油纸伞的情趣,碰上"革命"这个词眼,顿觉没了什么趣味。不如那年的西湖边,白素贞借了把油纸伞,就搞定了许仙,这有情人难成眷属的传说便有了无数雨点般的眼泪。

不过,油纸伞,不妨可以给纳兰容若一把,让他去后院看看温婉的卢氏是否还在为刚开的荷花撑伞。让他想想"绣榻闲时,并吹红雨,雕栏曲处,同倚斜阳"的时光。虽说婚姻有时只是政治产物,我挺喜欢他的真、他对爱情的理解,不求轰轰烈烈,却是一针一线的别致。

逢小雨,我是不爱带伞的人,但屋里不放把伞总觉得生活少了一项内容。看过一个关于泸州油纸伞的纪录片,七十多道工序,眼花缭乱,虽然劳动力有点奢侈,做工却那么精美,老想着买一把放家里,即使不用,也是一个好的摆设。秋天去泸州,泸州老窖倒是拎回几瓶,伞却忘了个干干净净。看来,同样是生活,于我,酒远远比伞重要。

辑己：风物

窠

巢与窠，都有个果子，家里总会有好吃的，看起来就很是欢喜，好像特别适合松鼠居住。《说文解字》有，"鸟在树上曰巢，在穴曰窠"，这么说这两个字皆因鸟而来。我是习惯了用"巢"字的人，很少写"窠"。见时不时地有人写"不落窠臼"，方注意到这个字的面容来。

有一种牙齿叫臼齿，也就是磨牙，我掉过一颗磨牙，放在手心盯了好久，还确像那个"臼"字。窠臼说的是，旧式门上承受转轴的臼形小坑。那门我见过，两扇对开，晚上拴上一栓子。哪天要从窠臼里卸下一扇来，怕是家里有老人过世了。我爷爷就躺在这样的门板上，白布蒙脸，领受后人的纸钱和香烛。

"尘世兔三穴，古人蓬一窠。"爷爷就要出远门了。那年春天，燕子在堂屋筑窠，从不远处衔来暖心的泥土和稻草。窠下，爷爷正等着入土为安。因唢呐声杂，燕子受了惊扰，筑窠比往年多费了好几日。

窠在我们那发音"kou"，鸡窠、鸭窠、鸟窠、狗窠、老鼠窠都这样喊，其实窠对应的是棚、窝、洞之类的形状，马蜂窝也喊"胡蜂窠"。乡下孩子生来和胡蜂窠有仇，蜜蜂是好人，胡蜂是坏蛋，于是丢以石块、捅以竹竿，胡蜂从窠中蜂拥而出，你跑得越快它追得越凶。我的后脑勺被蜇过一次，头胀痛了老半天，另一个孩子不巧被蜇在人中上，那脸几乎肿得变了形。一朝被蛇咬还真有十年怕井绳的阴影，孩子们却总是看不惯胡蜂窠，年复一年地相互对峙着。其实，一群胡蜂在构树上安个家真心不容易，构树上也没什么可以吃的果子，何必与它们过不去呢？

小时候从未听说过燕窠和蜂窠可以是滋补之物。燕窠叫燕窝，蜂窠叫蜂房。

乡间最常见的鸟窠是麻雀窠和喜鹊窠。我不会爬树，所以从未掏到过鸟蛋。我拥有过的鸟蛋也是作为一个爬树高手的跟屁虫分来的。他有个习惯，一个鸟窠一旦摸空会随手拆掉，摸到了鸟蛋直接磕破灌进嘴巴。而他分我的一粒或两粒，我恨不得装在被他拆毁的破窠里捧回家孵小麻雀。我在《鸟巢》里记录过一段有关他的文字："一次他摸到四只还没长羽毛的小麻雀，那些肉丸子似的小家伙被一一摆在树底下，它们张着小嘴以为父母来喂食了。他却折了根柳枝，用手甩了甩，四下，我看见了四具血肉模糊的尸体。他转过头来对我们嘿嘿一笑，证明他的眼法之准。"

斑鸠不会做窠，于是强占了喜鹊的窠，这是"鸠占鹊巢"的由来。我是没亲眼见过这一幕，"维鹊有巢，维鸠居上"，先人们不会瞎编故事吧。我觉着吧，斑鸠也是会做窠的，只是懒了点，村里的懒妇种的田永远没有别人的亩产高，不种菜地去邻家拔点挖点，她不脸红，别人也不会说她。白居易有意思，他写了首《问鹤》，说"乌鸢争食雀争窠"，你独自立在风频雪多的池边，终日站在冰上，抬起一只脚，不叫也不动，你是想要干什么呢？转个身，他又来了首《代鹤答》，"鹰爪攫鸡鸡肋折，鹘拳蹴雁雁头垂"，我收起翅膀则在水边站立，飞上云松就稳稳地停栖在松枝上。白居易显然以"饥不啄腐鼠，渴不饮盗泉"的鹤自喻，我感兴趣的是，鹤做的窠是什么样子。

　　再说一个当过和尚的唐代诗人贾岛，他写了首《题李凝幽居》，搞出了个"推敲"的典故。李凝此人身份无法考据，到底是贾岛多么要好的朋友也不得而知，至于"草径入荒园"那样的"幽居"，实则差不多一个破败的"旧窠"。所幸，还有个鸟窠尚带了点生气，"鸟宿池边树"嘛，有没有鸟睡在里边也真不能确定了。他就在驴背上琢磨啊琢磨，究竟是"推"还是"敲"月下的那扇门呢？我想问下，你去访故人时是先"推"的门还是先"敲"的门？换作我，如此荒凉之地，我先轻轻推下门，推不动，再敲吧。当然，出于礼貌的缘由，可以是先敲两下门，没动静，再推一下，推不开，于是只能离开了。贾岛寻思"推敲"之际，恰遇上了个大人物韩愈，名声显赫的韩愈分析了"推"与"敲"的语境问题，建议贾岛用"敲"字。我有两个问题，贾岛琢磨此事时与韩愈真是巧遇？如果碰上一个小人物，这个意见怕是贾岛根本听不进去的。其实，整首《题李凝幽居》一个好句子都没有。"鸟宿池边树"好吗？"一茎青竹初出水，数个黄蜂占作窠"（孔文仲《句》）、"麦风翻蝶梦，花露湿蜂窠"（陈必复《和客用韵》）、"游鱼怀旧池，倦鸟怀故窠"（鲍溶《经旧游》）都比这句子好。

贾岛是挺用心的，也容易落泪，写三句话花了两年时间，读着读着就流泪了。换成李白可不会干这样的事，写诗这么折腾还有啥意思呢？连喝酒的工夫都没了。

还有种窠，我们那方言喊起来很是拗口，蜘蛛网网窠，网字还叠了下。其实都能听明白是蜘蛛网，古人称丝窠。一只蜘蛛辛苦地织了张网，捕食，睡觉，自食其力，人们过年过节打扫屋子时，首先会用掸子或扫帚清理蛛网，"又欲及岁晚，空堂扫丝窠"，俗称"掸檐尘"。幸运的蜘蛛跑得快，别处安家；倒霉的，则碾碎于鞋底。而蚕被人伺候着，它的窠成了丝绸。

二十年过去了，只有爷爷一个人出了远门。奶奶还守着那个老旧的房子，她的手脚早已不利索，年底回家却总能远远看见她那打扫屋檐的身影。那是我的窠。

墙

墙并不高，是我的个子矮了点。当毛茸茸的脑袋慢慢鼓起来，把花瓣挤落，我就开始盯上了它们。起初透出墙外的桃子红熟后，沉沉的，几乎将枝儿压到了墙沿下，每天上学路上，我一个箭步跳将上去，伸手就能够着。尽管每次只摘一个，几天过后，墙外的桃子就摘完了。接下来若想继续解馋，得有人合作，一般是那个连夏天都拖两条恶心黄鼻涕的同桌，他抱起我的双腿，然后攀到墙沿，墙内地方不大却有豁然开朗之感，那么多大个头的熟桃啊！大概真有了偷的紧张，心跳得尤其快，胡乱摘两个就慌忙塞进书包溜了。

水在洗桃子时尤其欢快，像是天生就有一副会唱歌的好嗓子。那是1988年左右。上学路过的孔家村的一户人家，在自己院里种了那么一棵令人羡慕的桃树，那家的女孩比我低两个年级，长得十分好看。孔家村是外婆出生的村子，那户人家离外婆老家不过几十米远，也就是说离"破四旧"后残存的孔庙差不多距离。孔庙拆得看不见一点墙的痕迹，只剩下四根柱子撑住一个顶，四面漏风，里面倒是堆满了整齐的稻草。那时候我不清楚孔庙是做什么的，也不晓得有孔子这样一个人物，乡间的墙上什么乱七八糟的标语都有，学校的墙上永远是"好好学习，天天向上"八个红颜色的大字。

一直以为这点小勾当从未被主人察觉。在某次有点得意有点慌张地往书包里塞桃子的间隙，我下意识地回头一瞥，她右手扶着墙，微微笑着。我赶忙转身就走，再回头时，墙边那个满头白发的矮婆婆也不见了。后来我知道了，那个老人是比我低两级的女孩的外婆，和我外婆一样用小脚走路，二十多年后我亲眼见到她和我外婆常在一起打那种我不认识的花点纸牌。转眼，两个外婆都不在了，那个鹤发童颜的老人，依然在墙边看着一个少年偷摘桃子，她什么也没多说，眼里甚至有疼爱，像个菩萨。

墙出现后，应该有了摇头的姿势，主人不在家时，它虽然闭口不言，却在向另一个人摆手，里面的一针一线、一草一木不是你的哦。可墙又往往是朴素的，不拘小节，"邻家鞭笋过墙来"，摘两根笋做盘菜，邻居还真向你讨回去啊？没有墙，门前的菜地上相互间都摘着呢。情感有时也会变质，当年魏夫人看见了"出墙红杏花"，宋话本就有了"如捻青梅窥少俊，似骑红杏出墙头"，到元杂剧来了个《墙头马上》。一个少女趴在墙上爱上了墙外骑大马而过的少年，很美妙的事，到了近代干脆变成了"红杏出墙"的固定语式。我还是喜欢古人"墙里秋千墙外道。墙外行人，墙里佳人笑"的单纯，只不过，比我低两年级的十分好看的女孩尚未到佳人的年龄，而我只是个贪吃甜果子的少年。

少年时的墙是个动人的容器。比如那种土墙，布满了小洞眼,折根细长的竹枝,探进去,右耳贴在洞边,稍稍拨几下,若有"嗡嗡"声,抓紧把一只小玻璃瓶的口对住洞眼,蜜蜂就嗷嗷地爬出来飞进了瓶子。再拧好瓶盖。有时,一个洞眼里能掏出好几只蜜蜂。幼时虽贪玩,捉弄了许多小生灵,却还是有梦的,瓶里会塞下一两朵油菜花,以为蜜蜂在自己的手中依然不耽误采蜜,它还拥有万亩金黄。却未想到,半天下来,瓶中空气不足,见蜜蜂没了精神,翅膀都湿湿的,打不开来。再想放出来挽救它们时,有的还真来不及喘回气了。土墙洞里当然也会有蛇游出,我见过,那种肚皮斑斓的火赤链,老吓人的。

年少的我将耳朵贴紧墙壁,蜜蜂不知道有这双好奇的耳朵会和它开玩笑,玩笑开大了还丢了性命。成长让一个人在心里筑起墙来,不在乎高,不在乎厚,反正不像从前通透了。如我之类,常读孔孟,不大会"筑墙"的人,则如外婆老家那个被折腾得遍体鳞伤的"孔子"。读《战争状态》,有这么一段:"在简陋得不能再简陋的生存状态中,是否吃上猪肉,成了日子是否富庶,还是否快乐的一个标识。但在中国的传统文化里,快活是要独自享受的,如同财产最好不要外露,有红烧肉吃,多半是夜里爬起来和老婆孩子一块吃,不要说拒绝别人,就是东房住着的老爹老娘也最好免了……"这类事儿时也听讲过,村里某某人就是这样背着父母吃红烧肉的。几块猪肉也可以在至亲间筑起一道墙来,想想真是不可思议,之后的孩子听起来更像是没意思的笑话。

可确实有很长一段时间，"在中国农民的集体潜意识里，吃猪肉，而且，是聚在大院或草场上一起吃猪肉，一定是个很重要、很活跃的意象"。人们被一道"苏维埃"的墙遮挡了眼睛，打完"土豪"呢？又要持着每月半斤肉票去排队买肉，好不容易排到了，真恨不得叫那位吹胡子瞪眼睛的卖肉师傅一句大爷。这种情景遥远的地方也发生着。有那么实实在在的一道长155千米的墙，墙东面的人被迫"只要生产好才能生活好"，墙西面的人顺应"只有生活好才能生产好"，最终墙东面的人吃饭、穿衣、日用品都要凭票供应，这里面应该包括猪肉吧。后来，墙东面的人不顾危险，以游泳、挖地道、跳高楼、用重型汽车硬撞、热气球、滑翔机、弹射器等方式向墙西面逃亡。

多年前，见邻居家养兔子，兔子居然能够打洞跑到墙外去。那么，就让兔子出场一会儿吧。联邦德国摄影师弗雷德·哈姆扛着摄像机来到波茨坦广场，他本来是打算拍广场上一个天使雕塑的，但一眼望去，到处都是兔子，"蹲在两个反坦克障碍物中间的野兔就像一尊雕塑"。很多年后，我还能幸运地遇见《柏林墙边的兔子》，读到了一个困在柏林墙内的兔子的故事，以及关于墙、自由、屠杀、镇压、反抗的寓言。被枪支、警犬、探照头"保护"的兔子，虽说只能吃一种草糊口，却安于现状。新生的兔子们对外面的世界一无所知，终于有一天，有一小撮穴兔在围墙下打洞，于是豢养者开始了杀戮。

墙，越来越壮观与坚固。我在一间小屋里，通过阅读感受着"四面漏风"而知晓的历史和地理。我想，那些善于"砌墙"的少数人类的内心是充满恐惧和不安的，我，一个人类的零头，与重要的事件几乎都失之交臂，是幸运还是不幸难以言说。此刻，让我忘记所有有形和无形的墙，闭目想想1988年左右那道土墙，攀上墙沿，墙内是累累的红彤彤的桃子。我只摘一个，塞进书包，墙边，那个低我两个年级的女孩那满头白发的外婆看着我，眼里盛满了疼爱。

秋

宋代有个不好玩的人说，南昌的秋天有一种飞蛾，在七八月间纷纷掉入江中，江里的鱼都来吃，当地人称"霞蛾"；宋代还有个不好玩的人接着说，当地人称的"霞蛾"不是云霞，野鸭追逐那些蛾虫想吃掉它。于是，王勃《滕王阁序》里从庾子山《马射赋》化用来的妙句"落霞与孤鹜齐飞，秋水共长天一色"顿时失了少年气象。你想，原本野鸭在晚霞的背景下飞得那么畅快，倒影也是一幅大好长卷，若有人来句"王勃看见一只野鸭为了追蛾子吃一起飞"，多扫兴，好像王勃很久没吃过东西似的。

当然，东西是要吃的，饿了，我连《秋》也没力气写。尽管我的下巴一秋没有一秋圆润了。但秋天肚子很大的，我就看见秋天里肚子大的东西很多。鄱阳湖上，青年王勃是有远方的人，他看的是大天地，不太会注意小蛾子。

"烁"这个字也蛮好看的，只是我们看惯了"秋"的样子。如果反之，写"秋"时不比写"烁"别扭。不过这两个字都暖暖的，几根柴禾煮着新收的谷物，闻起来就香。我一点也没办法想象在这个盈满的时节，会有那么三年长满无数苍白、蜡黄的脸。秋天不适合读杨显惠的《夹边沟记事》。于是，我将书合上。

说来有趣，原本想给孩子取名叫"秌秌"，秋天的高粱，可以酿好酒。后来见有的孩子写自己的名字歪歪扭扭的，像是在画，也怕一时半会儿人家喊他名字顿在那儿尴尬，有点不忍心，终是放弃了，换成"简之"。我喜欢禾，也喜欢简单。说来真是难为情，我还经常问一些小朋友名儿里的字读什么音。他们的父母和我同龄，学过的语文教材应该差不多，如果不是我记忆力出了差错，那只能是他们翻《现代汉语词典》找的。

我和爱人在秋天结的婚，也在秋天有了"简之"。我的外婆在秋天离开了我们，我的奶奶也在秋天摇摆了。秋天可以发生很多故事。数字像被转动的魔方，有的好果实只能烂在果园里，想吃的人又吃不到；有的年轻人说再也买不起房子，在出生的地方开始了另一种漂泊，为冬天发愁。

当年辛稼轩闲居带湖，四十出头已尝尽愁的滋味，想说又说不出来，叹了句"却道天凉好个秋"。江西那个地方，不到白露怕是凉不下来。除非深山。立秋以后，换过处暑、白露、秋分、寒露、霜降五身衣裳，秋色就浓了。一叶知秋，我向来固执地认为这叶只能是落叶乔木梧桐的叶子。其实，哪个古人会因为看到一枚落叶才知道秋天来了呢？正是因为秋天是那么地真切了，才为一枚落叶命名为"秋叶"。后人总爱多琢磨，将一个物候现象读出了"见微知著"的道理。我们住在秋天的时候，有些地方根本没有秋天。"一叶之秋，虽古有此说，然安能应声飞落？"清人俞樾在《茶香室丛钞·梧叶报秋》里的这一问问得好，说的也是梧桐。

我倒是觉得，秋天到了，树是该慢慢落叶了，多少得给冬做点铺垫。后来我住在秋天的时候几乎看不到落叶，秋天也不怎么像秋天了。我穿了短袖还未来得及"屏轻箑，释纤絺，藉莞蒻，御袷衣"，转眼就裹棉袄去了。三十二岁的潘岳，长出了白发，在《秋兴赋》里感叹着宋玉的感叹，他那"蝉嘒嘒而寒吟兮，雁飘飘而南飞"我早已听不见也看不到。

忽然觉着秋天丢了很多东西，一时半会儿又说不上来。秋天似乎变得简单了，而这个"简单"并不是我喜欢的简单。突然想起了另一个词语：单调。人们逐渐放弃了大湖和远山，将孤独越喂越大，一百种好看的秋天就被纷纷撒在了某个角落里。可在我看不见的地方，一定还像从前那样，长着唐诗宋词里的样子。草木不撒谎，虫鸟不撒谎，<u>生生世世守着故土和岁月</u>。

这一年秋天，我又欠了半个承诺。答应王少勇去看他妈妈的，秋天已来了近一个月，我也确实是去看他妈妈了。某日得知消息连夜赶往，一日来回近三千里，在山东单县某灵堂，我看望了他紧闭上眼睛的妈妈，他妈妈却从未看见过活着的我。我和他抱头痛哭。这个纯洁的诗人，没有按习俗给妈妈穿上寿衣，而是一条洁白的长裙。他说，妈妈最后跟他说，我们的缘分只有这么长，你也不要过于悲伤。"妈妈，再见！"他长跪不起，说出一句，将我的心扑得很疼。

时常羡慕古人的好，大多不用为谋生东奔西走，男耕女织，生儿育女，伺弄双亲。而今人们被迫拖拉着过日子，连爱也总是拖拉着。我老看着妈妈的脸发呆，心想你终于老了，又把腿摔坏了，看你还怎么老跑回小镇去，看你还怎么背着我那么辛苦。你终于乖乖地被我"绑"在了身边，我天天挨着你，一起吃饭，一起说话，天天的。我还可以趁你午睡时吻一下你的额头。唉，好多年没有大把的时间这么亲近了。可再想想呢，有一天远起来的话，也就一个下午相互看着的辰光，也就眼皮合起来时那轻轻的一个动作……我却无法想象从此的远究竟有多么地远……又有一个孩子眼前开始闪现那个不肯歇下来的身影，收拾着厨房、屋子，热腾腾的饭菜，叠得整齐的衣物……以后掉了的纽扣没人缝了，醉酒熬夜没人唠叨了，发呆的间隙望一望妈妈午睡的房间，那一床被子已许久没有铺开，那个蜷缩的身子时有时无起来。

于是，从这个秋天起，每年把韩东的《我们不能不爱母亲》读上几遍，再抄上一遍，如同抄经：我们不能不爱母亲，/特别是她死了以后。/衰老和麻烦也结束了，/你只需擦拭镜框上的玻璃。/爱得这样洁净，甚至一无所有。/当她活着，充斥各种问题。/我们对她的爱一无所有，/或者隐藏着。/把那张脆薄的照片点燃，/制造一点烟火。/我们以为我们可以爱一个活着的母亲，/其实是她活着时爱过我们。

冬

张简之又掉了颗门牙，我也掉了颗门牙，他拉上我一起背杜甫的《绝句》。挺麻烦的，"翠"啊"上"啊"船"啊，这些发平舌音、翘舌音的字特别易漏风，背着背着我俩互相看一眼，笑了，他用小手指了指我，爸爸，你真好玩。

黄鹂已好久没见着，白鹭也是。入冬后，我第一次遇见的鸟，竟然是一群乌鸦。倒不是我不喜欢乌鸦，是我不太喜欢黑，虽然我自个儿长得很黑。在太湖边，一块宽阔的稻田上空，它们省略号般飞过，飞远，我猜不到它们去忙些什么。崭新的收割痕迹让我看见了过世的、活着的亲人的手，他们弯腰以及随着镰刀晃动的背影。稻茬保存了一种温暖，铺着我的祖父的脸，唉，几天没刮胡须了。

"从前的水稻田种满了房子，挪走了少年种子的理想"（《冬天来了》），所以我很久没和田野挨得这么近了，它饱满的气息让我有点心虚。翻新的泥土里，麦粒已经撒了进去。霜降早过，今日已是小雪节气，植物上未见一点薄霜，我的额头上栖了点露水。这一切让我觉得，与古老农业有关的蕴义丰厚的中国词语一个接一个迟到了。田野边的人们看起来也越来越懒散，没以前诚实。尽管如此，我更能感受到一平《身后的田野》里"在它的萧条中，觉到它母性的宽容和可敬"。

入冬后，我第一次见的鸟真是乌鸦吗？有点不能确定。很多不是太重要的事，未必会那么认真去记了。书桌上有本安妮·迪拉德的《听客溪的朝圣》，她也在以二十六岁的比我年轻、奔放的心灵写另一个地理上的冬天。她没有写乌鸦，写的是燕八哥，她说它们的到来是因为某个人的异想天开，那个叫尤今·西佛林的富有的纽约药商有项奇特的嗜好，就是要把威廉·莎士比亚作品里所有提到过的鸟都引入美国。

这真是个有趣的人。一个地方如果多点有趣的人，日子也会过得充满乐趣。《诗经》读过好多遍，我倒是没有把里面出现的鸟仔细数过。《莎士比亚全集》在书柜里摆饰了许多年，只是零星地翻过几页，我对他的认识也仅停留在"一千个读者就有一千个哈姆雷特"，想不起当时为什么买这套书了。在看话剧前，我甚至不清楚哈姆雷特的性别，他是干什么的。想想，可能是考题的缘故吧，我成了众多在"莎士比亚四大悲剧"的填空题上答下《麦克白》《李尔王》《奥赛罗》与《哈姆雷特》的学生之一。至于还有没有兴趣在这个冬天去读他所有的作品，然后数一数里面的鸟有多少，可能性不大。

入冬后，我写的第一首诗是《碑文》，白纸黑字的日期：11月14日。"他怀古简/热爱酒，也因此荒唐过/他有暖意/却绕不开独木桥上的冷/有时间的人/多看看他的笑吧/每一次都可能是最后/谢世的碑文。"有朋友读到了心情也变得不好起来，还担心我发生了什么事。入冬后出了两趟门，在火车上纠结了两次，

旧雨 205

有些远方真的一定要去吗？蜗角虚名，换来的是老去，老去的身后是更老去的妈妈。想到这些就有点伤感，还是多留些时间给她吧，妈妈不在了，待在家里也是居无定所。途经那些树和鸟巢时，更觉着新闻里北方的冷。人们聊起加缪的话："我至死都不会爱上这个让孩子遭罪的世界。"人们还聊索尔仁尼琴的话："我们知道他们在说谎，他们也知道自己在说谎，他们也知道我们知道他们在说谎，我们也知道他们知道我们知道他们在说谎，但是他们依然在说谎。"唉，原来"他们"是不分国籍的。有的地方，一条狗也会有户口，穿上质地很好的衣裳跟着主人过上了好日子，却容不下一些口袋里揣了"中华人民共和国身份证"的人。我差点从人群中认出了"一家俱在西风里，九月寒衣未剪裁"的老乡黄仲则。

乌桕红了。我又看到了姐姐们的小脸蛋。她们已被皱纹打败了，在医生面前乖乖地使用一种奇怪的物质：玻尿酸。听说那东西挺贵的，所以她们对舅舅、舅妈的那点孝义在我眼中变得越来越廉价不堪。

想起邢健的《冬》，于是又看了遍：鳏居的老人在冰天雪地中终日垂钓，他每天钓上鱼，第二天却又放掉，不厌其烦地循环。后来他救了一只跌落在雪地上的鸟，获救的小鸟很感激老人，伤势痊愈后仍然守候在他身旁，成了老人生活中的又一个伴儿，可他为什么要杀了鱼去喂鸟呢？然后他又遇见了一个小孩，老人为了讨好这孩子，把小鸟绑在一根细铁棒上，搁在火盆里将其活活烧死，直至烧成烤肉给孩子吃了。但他最终还是失去了小孩，重回孤独，在幻觉中度过余生。这老人看得我挺纠结的。在这个带有宗教色彩的冷寓言中，让我触动的是，小木屋墙壁上一张女子的泛黄旧照，应该是老人已故的妻子，老人每晚都会在睡前看她一眼，并在身旁多铺一条被子，多放一只枕头。我仿佛看着自己多年后的习惯，在人世最后的冬天，我祈愿我留下来，因为她一直活得像只小鸟，一辈子吃我做的饭，若我先离开，还真放心不下。

冬天来了，张简之在盼着过年，能又长大一岁。爸爸呢，从春天开始的举止愈加明显，迷路，忘事，很少说话，还有我无法知晓的今后，而我在他面前好像变得很强大。他不知道他生了病，那种病有个洋气的名字：阿尔茨海默。这名字听起来就冷，他却从未听说过。

风

一起来猜个谜语吧：解落三秋叶，能开二月花。过江千尺浪，入竹万竿斜。

这是李峤的一首诗《风》。如果把诗题掩掉，估计也很难猜的。可我用在这篇文章的题目下，就容易猜多了。原本看不见、摸不着的风，一下子满纸立体起来。

北风催眠了许多事物，南风唤醒了虫子。风以前的写法，是有虫字的。

好风吹着好水，微漾，柔软如一个人的指纹。好风吹着好水，窃语，像一层细密的鱼嘴。

"细雨茸茸湿楝花，南风树树熟枇杷。"杨基这句写得真好。南风的性格应该像和风吧，和风与细雨看起来就很搭。楝花好看，枇杷好吃，都是这几日眼前的物事。去年此时，我在北方生活，那里的风一点都不好，吹起来满是沙子，脏兮兮的，一天得洗好几把脸。

好些年了，从来没有像今天这样快乐过，整整一天，都很快乐。

我想起了风，看见了风，它的小指头那么真实地掀动着茅莓的叶子，果子红彤彤的，熟了！大概一个月前，我偶尔发现了现在居住的地方还有这样一株野生的茅莓，那时它繁花正茂，我就盼着它花落结果，隔三岔五去看它。有几日没见它了，上午时还在想，今天会不会熟了呢？当我远远地看见风在翻它的叶子，风懂我的心思，三三两两的红果子就露了出来。我愉悦地摘下一颗最饱满、最好看的果子塞进嘴巴，甜甜的，比水果铺子里的所有水果都好吃，我的乡村心脏。

我只摘了一颗果子，我很满足，我要留点给像我这样寻找童年的人。

今天，我的身体里走出一个人来，他又重回故乡的河坡，寻找到一个很好的角度坐下。风在抚摸他的脸，他在等落日，用双手作捧状等落日的脸。他离"大风起兮云飞扬"很遥远，他没有"风声鹤唳，草木皆兵"的紧张。今天，我甚至想起"人生若只如初见，何事秋风悲画扇"这样的句子都不觉得有什么难过的。我的眼前只有放纸鹞的原野，耳边有屋檐下风铃脆脆的声音，我的身后，还站了一个折叠纸飞机的少年。那个少年突然竖起耳朵，听见了木头敲击箱子的特有节奏，他央求爷爷给他一张五分钱的纸币，飞身出门。他买了一根赤头棒冰，舔啊舔啊，杨树上不见丝毫风的动静，知了们越叫越渴。

午后，我去冷饮店买冰棍。在一大堆动辄十几块、几十块的有着洋文名字的冰激凌中，我惊喜地找到了一款老式的冰棍。它依然裹着一张薄薄的纸，一根扁平的木片插在身体里，"衣裳"上注明"赤豆冰棍"。它长着八十年代朴素的乡村面容，特别干净。我买了两根，三块钱。风吹着我，我一边舔一边往回走,似乎有好些人注意了一下我的样子。到家的时候,还剩下一小口,做作业的孩子放下笔望着我。我说真好吃,他眉头皱了一下。我假装把最后一丁点递到他嘴边,平时嫌我有酒味的孩子居然真把嘴巴凑上来。我又把手很快缩回来,一口把冰棍咬完了。果然,他大哭起来。我把藏在背后的左手举起来——一根完整的美丽的冰棍。他破涕而笑。"叫我什么?""好爸爸。""好吃吗?""好吃,比妈妈买的冰激凌好吃。"

风吹进屋子,他长睫毛上的泪珠掉了下来,渗在作业本的一个方块字上。他已经学过了贺知章的那首诗,就是把春风比作剪刀裁出细叶的那首。

我读的是李贺的《南园》:"花枝草蔓眼中开,小白长红越女腮。可怜日暮嫣香落,嫁与春风不用媒。"有一丝丝叹息。但风真是个好媒人,风媒传粉比虫媒传粉更为原始,这么说吧,在没有任何生命形式到来之前,风就在古老的大地上吹着,找啊找啊找朋友。后来有了植物,特别是禾木科植物,那些稻子、麦子、玉米们,当微风吹过,花药摇动,就把花粉散布到空气中去了。风吹着吹着吹来了人类,人类被风吹着吹着头脑越吹越清醒,开始懂得享用被风吹熟的稻子、麦子、玉米们,风吹出了米粥、面条、烙饼、面包,吹出了南方与北方的口味。

想起这些,我就觉得十分美好。

今天的风很好,一整天没有从远处那根大烟囱里飘来的味道。我走到枇杷树下,有枇杷的味道;我走到石榴树下,有石榴的味道。只要我想走，就有不同的好闻的味道。小时候，风的味道更加丰富，甚至有各种声音、颜色和形状。我和伙伴在田埂上放野火，火噼啪作响，忽明忽暗，时大时小。多年后我通过苇岸知道了风与火的关系，"北风吹着，风头很硬，火紧贴在地面上，火首却逆风而行，这让我吃惊。为了再次证实，我把火种引到另一片草上，火依旧溯风烧向北方"。我躺在门前的竹床上纳凉，看着天空，风在耳边，还有奶奶的故事的味道。我有好久没看星空了，也没什么星空可看，人们都可以飞到月球上去找什么东西了，连童话也枯黄了。当然，我也见过坏脾气的风，它折断过树林、东墙上竹竿撑住的天线，连电视都几天看不成。那种风叫台风、龙卷风，有漏斗状的旋涡，哪怕你的脚长在土里，生了根，它也会把你毫不费力地拔起。

今天的风很好，很温和。我吃到了茅莓，啃到了冰棍，想到了往事。黄昏，在屋子里，风吹进来，还有书的味道。翻出蕾切尔·卡逊的《海风下》：当海浪扑打在水湾沙洲上时，北风撕裂浪尖，形成一片水雾。鲻鱼因风向转变而兴奋地在小渠中不停跳跃。在浅浅的河口与海湾的多个沙滩里，鱼群察觉到了突然从空气中传到水里并掠过它们身体的一阵寒意。鲻鱼因此开始往深水处进发，那里储存着阳光的余热。现在，它们开始从海湾各处汇集，组成巨大的鱼群，向着海湾的峡道前进。

我有首诗《水乡谣》，被一个作曲家姐姐谱成了儿歌《念南方》。此刻，音乐响起，那个歌手在小河边欢快的声音中唱起

"风婆婆,抱炊烟,鱼虾香,稻米甜";加上蕾切尔·卡逊迷人的文字,那么多鱼儿在眼前游过,我恨不得挽起裤管,下床捉鱼了。这一天,我很快乐。

云

　　合上诸如《菜根谭》之类的书本，合上"宠辱不惊，看庭前花开花落；去留无意，望天外云卷云舒"之类的句子。那时几乎没什么工业，日子过起来也慢，人有时间去赏花望云，什么都能看得淡泊些。

　　而我，离"现世"更近点。安妮·迪拉德说，我们很幸运能拥有一本云的清查手册，其中记载了1869年夏季加州内华达山区的云。那一年的6月12日，约翰·缪尔在美熹德河的北岸记下："积云从东方升起，边缘焕发着珍珠的光芒，和下放肿胀的岩石共同构成了和谐的画面。还有那高耸入云的山岳，坚实而又精致……"6月30日，他记录下一朵轮廓清晰的云："像一座孤独的白山，在光与影的重叠下更显孤寂。"7月2日，出现了一朵棱角突兀似岩石的云："其轮廓之清晰，为我首见。"7月23日："我们这些可怜的凡人又能对云述说什么？"当我们试图将它们描述出来时，它们已经消失了。我们没有机会目睹1869年8月26日图奥勒米草原上空的云朵，但根据记载，我们能够知道那天的景象。中午时分，云朵盘踞了天空百分之十五左右的面积。傍晚时，堆积在丹纳山上空的大片云朵"像画一样，如岩石般嶙峋""焕发着丹纳山一般的淡红色"。9月8日：几朵云在山巅游荡，"像在求职一般茫然无措"。

这是约翰·缪尔,一个热爱群山和荒野的生态文学作家记录的关于云的笔记,虽然已是一百五十年前星球的另一边。

我拉着孩子的手去看云了,去看火烧云。

看火烧云,得找一条旧式的小河。有条小河,会有两种火烧云,天上的,地上的,干干的,湿湿的。在河边坐下,赤了脚踹踹水,如果水太凉,那就算了。可以揪根草芯,含在嘴里,微甜的,略苦的,都有原初之味。茅针总吃过吧?没吃过草的孩子不叫草民。所以,揪根草芯含在嘴里,有必要寻找一下弄丢了的出身。

"儿子,看天空,这叫火烧云。"

他蹲在我身边,专注地盯着一处,不理我。我探头瞧了下,很明显,那是他吐的口水。已经吐了好几口吧,他的小口水围困了几只蚂蚁,它们正奋力地从微黏的口水里挣脱,它们喜欢陆地。

"儿子,看天空,这叫火烧云。"我拉了拉他的胳膊,生怕火烧云转瞬就离去。他不理我,继续捉弄那些蚂蚁,时不时地添加些口水扩大他划出的领地。原本与孩子拥有同样大世界的蚂蚁,却被他的口水围困了。

我有点生气,这么好看的火烧云不理会,却着迷于一个没意思的游戏。这么一生气,起初对火烧云各种动物的想象,只剩下一片鱼鳞,鲤鱼的鱼鳞。人不能老生气,许多美好的东西会被闷掉的。

"爸爸，什么叫火烧云？"他终于丢下口水中的蚂蚁，和我说话了。以前，我被他的为什么问得厌烦，好像比《十万个为什么》还多。这一个什么似乎有点珍贵，因为他好久没有问我了。

"这就叫火烧云。"我指了指天空，又不知道怎么回答什么叫火烧云，我还不能和他谈物理现象，就说是一种晚霞。其实我的回答并不准确，火烧云也可以是朝霞的，只不过现在已是傍晚。

"好漂亮啊。"他露出牙齿，笑起来很甜。很久没有人陪我一起仰望天空了，每天，人们都是低着头，手指在一个长方形的方块上摸来摸去，然后因为美食、房价、股票、新闻或愁或喜。

"那是匹羊驼，旁边有张嘴巴的鳄鱼，还有……"他从鱼鳞外找到了三岁时去过的动物园。我顺着他手指的大致方位，居然认不出来他的描述。

"爸爸，我觉得这些是乌云，不是白云。"说完，他又去观察他口水的领地和蚂蚁的动静了。

我愣在那儿，可能吧，还是白云好看。

他在玩一个没意思的游戏，以前我经常这么玩，比看云有意思多了。

我含着的那棵草芯的嫩卷里，慢慢有只蚂蚁探出了头。它茫然四顾，大概是在寻找伙伴和陆地。在叶尖上，在一片天空下看另一片天空，它看到的火烧云与在陆地上看到的会不会不同？

耕　读

只能说比有的人略好点，我这人虽四肢不勤，但五谷还能分得清楚。我大概可以叫出十几二十种农具的名称，其中大多数也曾经使用过：镰刀、锄头、钉耙、铁锹、扁担、箩筐、筛子、簸箕……诸如石磨、碌碡和犁之类，虽认识但没用过，那是驴和牛用的，我没有那么大的力气。

事实上，我小时候没见过驴，牛也少见。翻地时，犁也是一个人扶住，另一个人背纤。那时的人们都很有力气。一般来说，力气大的人读书相对少些。

我读小学时，除了暑假、寒假，还有一种"忙假"，农忙时放的。虽说一般只有三天，对我来说也非常开心，因为那时一周只有星期天不要去学校。当然，有的孩子并不喜欢"忙假"，要干的农活实在很多，只不过，我的父母不怎么让我干农活。杨万里的《插秧歌》有"田夫抛秧田妇接，小儿拔秧大儿插"的乡间分工景象，我似乎是缺席的。拔秧吧，总把秧苗拔断；莳秧吧，秧苗很快就浮了出来。于是农忙时节父母一般让我在家做饭，这可能与我后来喜欢做菜并且做得还不错有很大的关系。不过我还是扮演了点《插秧歌》里的角色，"唤渠朝餐歇半霎，低头折腰只不答"，原本在田埂上喊家人歇下来吃饭的老人变成了我。

所以我只是比有的人略好点，同龄的孩子比我使用过更多的农具。比如鱼笼、蟹篓之类，他们捕鱼捉蟹，去市场卖掉，很小就能自己挣学费。我读书成绩虽不错，他们也没有因此耽搁了学习，这倒是我所羡慕的。

而今想来，当时放"忙假"好像是让我们参与耕作，更多的是乡村教师家里都有农田，不和天抢时间的话，一场雨会让谷物烂在田里。儿时多多少少有点耕作的经历，所以读《悯农》会比现在的孩子感情深些。

二十岁前，我就突然远离了"耕"，只剩下了"读"。

孟夏时节，草木茂盛，绿树围绕着靖节先生的住所。耕过种好之后，他就返回茅庐读喜爱的书了。他欢快地饮酌春酒，采摘园中的蔬菜，泛读《周王传》，浏览《山海经图》，十分满足。"羁鸟恋旧林，池鱼思故渊"，四十一岁后他已把人生看得很通透，《归去来兮辞》中目睹田园将芜，开始关心农夫告诉他春天到了的消息，边耕边读，写下《归园田居》。

不久前去横泾，阡陌纵横的乡野间有幢民宿的大厅里挂了"耕读学堂"的古旧木匾，看起来比"书香门弟"朴素厚实得多。"耕读"二字像一双长者温和的眼睛注视着我的额头，家训般在告诫"读而废耕，饥寒交至；耕而废读，礼仪遂亡"。那个村子有种农家自酿的酒，据说当年稻子一熟，范石湖会来打这种烧酒喝。是的，那一刻我想起了靖节先生。我还想起了晚年的石湖居士，若没有耳闻目染的耕读体验，六十首《四时田园杂兴》又怎能闪现出那么多熟悉、喜人的脸？

四十岁了，我也越来越渴望一种生活，"一庭春雨瓢儿菜，满架秋风扁豆花"，做那个可以写《齐民要术》或《王祯农书》的人。

《世说新语》记了卞壶的一段话，说郗鉴身上有三件自相矛盾的事：一是侍奉皇上很正直，可喜欢下属吹捧自己；二是自身修养很好，但又喜欢计较别人；三是自己爱好读书，却嫉妒他人有学问。这是一个有意思的人。我认识一个更有意思的女子，席间听到别人提起什么书就取了本子和笔，一一记下。若没听清楚书名与作者，还追问几遍，给人好学的印象。后来每见她在不同场合，都拿起一本书来翻翻，又觉得挺讨厌的，仿佛告诉全世界她是一个非常爱读书的人。还时常见她向身边一女友大谈什么书好，甚至劝她什么书是必读的。谁知她的女友告诉她那些书早已读过，还有哪些书她可以读读，她开始一脸不开心地责怪女友为什么不早点跟她说。更有趣的是，她大谈读书时分明漏出了读的是"量"而不是"质"，你可以把作者的作品搞错没问题，可以把作者的性别换了也没什么大不了，令人反感的是，你就是那个五谷不分的人啊，没见过扁豆花，也不晓得瓢儿菜是大头青，大口野味下肚后，念几句佛经还自以为就是慈悲。

还有诗人一首诗里出现十几种蔬菜谷物，生机盎然，又是丰收之年，日子美好。再看，他的那片土地季节混乱，有的作物根本长不出来，就算能长出来，名字就别挪用外国诗人用过的了。

想起《夜航船》张岱的自序，有个令人捧腹的故事：昔有一僧人，与一士子同宿夜航船。士子高谈阔论，僧畏慑，拳足而寝。僧人听其语有破绽，乃曰："请问相公，澹台灭明是一个人、两个人？"士子曰："是两个人。"僧曰："这等，尧舜是一个人、两个人？"士子曰："自然是一个人！"僧乃笑曰："这等说起来，且待小僧伸伸脚。"张岱很谦虚地这样结尾，我所记载的，只是眼前的肤浅之事，只是不要让僧人伸脚罢了。

从前的耕读，教会我们诚实。

向三位书家求字，内容是我自己所定，都是很喜欢的词语。一张曰"琴心剑胆"，一张曰"烹酒煮书"，一张曰"晴耕雨读"。装裱起来，我的心会稍微满当些。

落　日

"夕阳无限好，只是近黄昏。"

邻家阿姆是肯定没有听说过这句话的。如果我指着落日对阿姆说，看，夕阳。阿姆会疑惑于这个一生中新鲜的词语，什么夕阳？阿姆连普通话的"落日"也弄不清楚是什么事物，我们那只管喊"太阳落山"。

我出生的地方是平原，没有山，却偏偏要喊太阳落山。至今，我也还是觉得怪怪的。难不成先民移居此地前，曾在山村生活过，每天就看着滚圆的日头滑入山坳？

阿姆已经把落日关在身体外二十多年。阿姆像她娘，阿姆的姐姐也像她娘，都是五十岁左右的时候，眼睛就慢慢模糊，后来只剩下一点点亮光。这种病，谁也说不出名堂来。我只是琢磨，阿姆的三个儿子如果愿意带她去大点的地方求医，说不定就能找出这眼病的名字，而后，阿姆还能看见这样好看的落日，大步地去码头边淘米洗菜。儿子们只用了乡间的"通用叹息"打发了阿姆没有阳光的日子：遗传。

阿姆与水有关的生活，主要依靠门前的那口老井。从卧室到灶壁间、从堂屋到井的步数，她记得比每一个儿子的生日还清楚。我总是看见她在井边打水，用棒槌敲打一大堆的衣服，以至怀疑她洗过的衣服比没洗的干净不到哪儿去。我还真没见过三个儿媳给阿姆帮过手，所以落日一来，我就觉得特像那口井的井盖，于是可怜起这个瞎眼婆来。

"大漠孤烟直，黄河落日圆。"

阿姆当然没去过大漠与黄河，她只有她的炊烟。我们那离长江不远，十几里路的样子。即便这样，很多人其实跟阿姆差不多，知道中国有一条河叫黄河，中国有一条江叫长江，黄河是远了点，可长江这么近也没去看一看中国的长江。大部分的生活就在屋前屋后的那些庄稼地里完成，有少数两个适逢吃住行不要花钱的年代，到了天安门远远见到了还没有赤豆大的毛主席像，倒是激动得两眼一边流出了黄河一边流出了长江。阿姆只认识村边的一条小河流，往北三里就是她的娘家，其实再走几里就到江边了。

阿姆是爷爷的侄女，阿姆的爹是爷爷的大哥。大爷爷活在我脑海里最鲜活的一幕，就是个戴了顶旧草帽、背了只竹篓，在小河边撒网打鱼的老头。落日下，他喝着老酒，佐以一盘油炸小鳑鲏。

那条小河喂养了两岸坡地上的大豆、桑树、芝麻、山芋，灌溉时节，细瘦的身体也能通过水泵涌入茫茫的水稻田。落日斜照院子，奶奶在石臼边舂芝麻，打算做糍团。我呢，还在追小河里的鸭子，踩蚌，摸蟹，一不留神就走远了。日头落尽，天已蒙蒙黑，折回的路上必经过村庄的墓园。那里的每一块石头上，有一个字是相同的：张。但埋着的人，活着时我一个也没见过。于是白天消失的乡间传闻在天黑时跳起舞来，我已说不出那时有多害怕。唯一可以壮胆的，是爷爷和我说过的走夜路先摸几下额头，有祖先的神灵保佑。我唱起歌，照爷爷所说，狂奔到家时泪都憋出来了。奶奶摸我的额头时，晚餐美好。

很快，真的很快，天不怕地不怕的爷爷问过爸爸几遍"我真的要死了吗"，就在"张"姓的石头群中住了下来。落日填满他凹进去的简历，依然从容，豌豆苗上的蚂蚱家族像往常一样蹦跳着。夜晚途径墓园，我不摸额头了，也不害怕了，那里有了我熟悉的人。

爷爷走的时候，落日就像他最后滚动的喉结。

外婆走的时候，落日就像平原眉心上的痣。

这期间隔了十六年。十六年里，我见过了无数地方的落日，心也慢慢平和下来。现在，八岁的孩子开始读《小王子》了，我不甘心的是，我八岁的时候没有《小王子》读。八岁时读到《小王子》会想些什么呢？我只能确定，八岁的孩子和三十八岁的我读《小王子》里的落日是完全不同的。他的眼里是一个没有人也没有房屋的星球，全部的疆土只容得下一盏路灯和一个点灯人，他觉得很奇妙，一个人不用上学，只要早晨熄灯晚上点灯，其余时间白天休息晚上睡觉，还没有一叠叠的家庭作业。我呢，看见了星球越转越快，一分钟转一圈，每天只有一分钟，说会儿话一个月过去了。那个星球在二十四小时之内，有一千四百多次日落，壮观得简直要让人发疯。如果让我住在那里，我也会和小王子一样，回想从前自己挪动椅子，寻找一次又一次落日的情景。

我早已到了怀念的年龄，怀念阿姆，爷爷，平原上的落日。那时天黑了，除了少数游戏可打发时间，不睡觉没什么可做，不像点灯人所说"生活中我喜欢的事情就是睡觉"。星球转得太快了，日常变成从日落后才丰富、充实起来。电影、新闻、喝酒、写作，星球转得日出替换了日落，我们才想起要睡觉了。

而我诚实地想说，稍稍遗憾没能有过牧童的经历。从前那么好看的落日下，我可以坐在牛背上慢慢回，还是个"系牛莫系门前路，移系门西系磕边"的熟手。阿姆的老井旁，还有残破的连枷，斑驳的碌碡粘了些许多年前碾压谷物的气息。

读《五柳先生传》，陶靖节以"好读书，不求甚解；每有会意，便欣然忘食。性嗜酒，家贫不能常得。亲旧知其如此，或置酒而招之；造饮辄尽，期在必醉。既醉而退，曾不吝情去留。环堵萧然，不蔽风日；短褐穿结，箪瓢屡空，晏如也。常著文章自娱，颇示己志。忘怀得失，以此自终"为平生所愿。记得我家旁边种了六棵柳树，如今已砍伐殆尽。说多了淡泊，有时听起来挺假的，但可以安度余生的，还是在那落日、土地、河流相互温暖的地方。

炊　烟

北方的炊烟升起了。贾思勰《齐民要术·炙法》部分其实就是一本烧烤食单，把乳猪烤得"色同琥珀，又类黄金；入口则消，壮如凌雪"，读起来会让人流口水。里面提到"一炊"，我发觉"炊"作为量词有点迷人："肥鸭，净治洗，去，作臛。酒五合，鱼酱汁五合，姜、葱、橘皮半合，豉汁五合，合和，渍一炊久，便中炙。子鹅作亦然。"一只烤鸭又上桌了。

我认识的两个坏孩子可不是这么吃鸭子的。他们会在河边追赶一群鸭子，拿起石头使劲砸过去，密密的脑袋中总有一只会倒霉，他们提起竹竿将砸死或砸晕的鸭子扒到岸边，拎起来一溜烟地跑走了。在某个地方，火偷偷摸摸点了起来，至于怎么个吃法，他们是不会告诉我的。傍晚，放鸭人赶鸭回家，数来数去，就是数不对。

南方。秦淮河浮华了点，两岸酒馆林立，杜牧的船一停，上岸随便找一家就可以喝上了。有天，杜枚找不到小酒馆喝酒，便问遇见的牧童，那孩子用手指了指一个叫杏花村的方位。小杜摸上门去，点了几道池州土菜，斟上满满一杯，自个儿喝了起来。另一个村子里，杜甫与老朋友卫八相逢，还没来得及讲完往事，卫八已让儿女摆好了酒菜，老杜一连喝了十几杯也没醉。菜是冒着夜雨剪来的新鲜韭菜，饭是"新炊间黄粱"，一个

"炊"字竟有点让我柔肠百转。我看见那些呼吸匀畅的村子，都长着陶渊明"暧暧远人村，依依墟里烟"的朦胧模样，虽说少不了偷鸡摸狗的事，红红的乌桕身后，依旧热气腾腾的。

一千年后，麦秸依然"哔啪"作响、稻草依然"滋滋"蹿跃，奶奶用大半生守好她的老灶。大人正劳作归来，小孩在放学路上，远眺自家的烟囱上一缕缕轻轻的呼唤，仿佛满桌晚餐已贴在鼻尖，有过那么些日子，虽说清贫，人却容易觉得富足。

慢慢地，人们不去捡树枝了，也不再堆起那些可以捉迷藏的草垛，人间少了烟火味。如此诗意、如此江南、如此有性格的炊烟二字居然抱成一个怀念的符号。邓丽君的热情却一点也没减少，她还在唱啊唱啊："又见炊烟升起，暮色罩大地……"歌声里我还能想起昔日的一幕幕温情，我的孩子却要透过课本、图片去寻找童话般的烟囱；偶尔和小朋友们因为一次野炊，感到无比兴奋。

"我在大地上活着，轻如羽毛，思想、话语和爱怨，不过是小小村庄的炊烟。"李南那首《小小炊烟》越来越耐读，越读越伤感，我从文字里往回走，和少数同道祝福和感谢着农业。50～80厘米的吹火筒和外婆睡进了往事，那一层揭下来的香糯锅巴，仿佛还在磨牙间反复咀嚼着。

十几座村庄围了一根高大的烟囱。那时候，小烟囱和大烟囱每天都冒出烟来。几千缕淡白，一冲浓黑，活着的气息总是少有人察觉，死的气息总在被邻里谈论。谁谁家有人走了，生了什么病，或吃了农药。耳边莫名响起那句很多年没听到的骂人话，早点送你去高烟囱。老夫妻拌嘴时经常用来相互诅咒，骂着骂着，一个就开始为另一个抹得眼泪浑浊。

外婆划燃火柴，点好草把，炊烟升起了，小小的烟囱开始为香甜的米粥歌唱。那年，外公和其他人的一些外公们挤在一起，从那高高的烟囱里冒出来，化成了一炊之梦的人事。

田　野

几只三节电池装的手电筒光束打亮了南方乡间夜晚的呼吸，所到之处，蛙声骤息。石蟹总是在匆忙赶路，黄鳝一出洞几乎掩盖不了眼尖少年捕捉到的细微痕迹，熟睡中的鱼在光影里一动不动做着美梦，扁扁的五根刺芒的铁叉已被精准地抡出……一双双眼睛在夜晚出奇地动人。它们天真地闪烁，穿梭在厌倦了蔬菜的少年的口舌间。那群夜色中出没迅捷的孩子中，我是功课最出色的一个，也是手脚最笨拙的一个，而善良的他们从未抛弃过我。我清楚地记得，平时不爱搭理的极为顽劣的那个，拍了下我的肩膀，猛地一脚将那条倒霉的火赤链踩进田埂的泥土中，脑袋已被踩得重度变形，猩红的嘴腔翻到了外边，身体一阵阵抽搐——这番情景至少在我梦中出现过五次。他对我说的两个字"别怕"，宛然一个大侠惯已使用的语气，多年后依然在我耳边轻声安慰。

当年的少年们已是肚腩鼓鼓的为人之父，田野却一个劲地"减肥"，差不多成了彼时绿床单上的一小块补丁。那些遍地动人的眼睛闭上了，只有少数还在惊诧地注视着突变的周围。他们时不时地还去寻找它们。他们以为我有了"不食人间烟火"的职业，他们以为我早已不屑那些乡间往事，他们不知道只要喊一声，我就会往那个方向奔跑，认认真真地跟在他们身后，再捕获一声"别怕"的感动。他们不知道啊，我捧着东汉的"仲春令月，时和气清，原隰郁茂，百草滋荣。王雎鼓翼，仓庚哀鸣。交颈颉颃，关关嘤嘤"，都快生锈了。

合上张衡的《归田赋》，"仰飞纤缴，俯钓长流"，左脑袋弹弓，右脑袋渔竿，飞起垂落，我在书卷边烦躁不安。

大概去年春天，一个歌手把"诗和远方"唱得让无数人百感交集。一时间，许多好梦一下子又发芽了。其时，我身在离毛主席像上那粒黑痣很近的地方，牵挂病痛中的妈妈，歌词第一句"妈妈坐在门前，哼着花儿与少年"就把我的心撞疼了。

我就翻保存的照片。最早的一张，恰好是还不会骑车的妈妈扶好自行车车把；我，几个月大，坐在绑在车前杠的小凳子上。我的眼里没有"诗和远方"，确切说我被所有的"诗和远方"包围着，滋润着。黑白照片上，我和妈妈就在早被拆掉了的瓦房门前，门前有大片的油菜花、竹林和田野。

门前，万事万物开始荒芜。我差不多已好久没有读到心动的句子，诗人们不厌其烦地写下一页又一页"某某辞""某某帖""某某经""某某引"等怪怪的诗题，感觉都不会好好说话了。就像一平所说，诗人们争来吵去，而大片土地、阳光被荒置在一边。顾城的《门前》还有"草在结它的种子，风在摇它的叶子，我们站着，不说话，就十分美好"，虽说"土地是粗糙的，有时狭隘"，他依然看见"然而，它有历史，有一份天空，一份月亮，一份露水和早晨"。博尔赫斯在《诗艺》里回忆爱默生曾在某个地方谈过，图书馆是一个魔法洞窟，里面住满了死人。当你展开这些书页时，这些诗人就能获得重生，就能够再度得到生命。对我而言，《诗经》、陶渊明、王维、雅姆、安娜·布兰迪亚娜、辛波斯卡、金子美玲……都一一活得嘴角微扬，替我驱散了蚊蝇。

歌手在唱，生活虽说不是太如意，转折中却把诗和远方的事物并列。远方的什么呢？不是大海，不是森林，不是草原，不是沙漠，是田野。田野是人与万物最为气息相融的地方。那一刻，我与一平感同身受，"我坐在田埂上想家，想念远方的朋友。有时觉得母亲就在那黄昏和土地的边缘。那时我还小，我不知道今天我这样思念那个时候"。于是，我摊开纸，写"我可以双手背握/闲晃中年/像田埂上的那只喜鹊/我双手背握/像拢好的翅膀/恬静，发蓝/我知道芦苇的天空/略高于我的/也知道山芋的大地/略深于我的/它们的爱简朴，直接/往往比我默契"（《远方的田野》）。

土豆、生菜叶、药芹、核桃、苹果、香蕉、番茄、洋葱、草莓、青椒、红椒、黄椒、柠檬、火龙果……多么繁荣的田野啊。而这片"田野"就一个盘子那么大，这片"田野"叫水果沙拉。它们聚到一起，途经机械处理、运输、储存、冷藏、加工、包装、管理和广告。我不爱吃这类食物，而越来越多的人信任上了这份营养平衡的食单。詹姆斯·布鲁吉斯讲了个"水果沙拉的故事"：水果沙拉经由现代化的、工业化的、不安全的、荒谬的、半科学化的、经检验合格的、官僚的、燃料效率不高的、经济上有悖常理的耕作和销售方法从果树上来到餐桌上。一个"原始人"为了获得四卡路里的食物需要消耗一卡路里的能量,而现代人为了获得四卡路里的食物需要消耗多少能量呢?

田野在远方。田野边的"菖蒲上,两只白头翁/含情相望,相守/长着我们很快就到来的样子"(《旅程》),而我时常会远眺起那份温暖来。

后　记

"近日从乡人处分得腌苋菜梗来吃，对于苋菜仿佛有一种旧雨之感。"多年前读周作人的《苋菜梗》，并不晓得"旧雨"是出自杜工部的典故，指老朋友，只是觉得这个词儿被周作人用得特别迷人。那时想，"旧雨"是什么样子的雨呢？大概下在长了檐头草的老房子上，从瓦楞边滑落下来，"滴答，滴答"。老房子并没有破败到快要倒塌，只是略有几分"暗牖悬蛛网，空梁落燕泥"的冷清。外婆剥着新摘的蚕豆，一粒一粒，仿佛在数出门在外的孩子。她的额头上，住了菩萨。

读《古越谣歌》如喝老酒：君乘车，我戴笠，他日相逢下车揖。君担簦，我跨马，他日相逢为君下。想起一张张故人的脸，如下酒小菜。

每年"八月半"，我念想的是一种"亮月饼"（我们那里月亮喊亮月），这种食物我在《亮月饼》里写过，那篇文章我大概是五年前写的，记得有这么一段："剩下的最后一张'亮月饼'，我拿出来看几眼、想一会儿后，就再放回冷藏箱。这样反反复复的犹豫，使我依稀感觉到它被奶奶做出来的大半年里，越来越像一件遗物。奶奶八十一岁，又病了，人到晚年，病痛如芝麻般密集。我不晓得今年还能不能吃到奶奶做的'亮月饼'，所以这最后一张总也舍不得吃了，它也许就是一份用来纪念的东西。"事实上，那是奶奶最后一次给我做"亮月饼"，她八十六了，还活着，只是没了剁菜馅、揉面团的力气。

而那篇文章写完不久，那张我想作为奶奶的遗物保存的"亮月饼"最终没能成为遗物，让我一直觉得是件"诡异"的事情：我那从来不爱下厨的妻子，不晓得怎么突然翻出冷藏箱里的这张饼，用油两面烘一下，和孩子一人一半当晚餐吃了。那天，我说晚上吃点什么呢？她说吃过了。我问吃的什么，她说"亮月饼"。我问哪来的"亮月饼"后感觉不对，打开冷藏箱，没了。我发了一大通火，心里十分难受，她像做错事的孩子般一声不吭地坐在那里……

李贺作《唐儿歌》，显然有奉承杜黄裳之意。他没有生育过孩子，但他的眼睛里是满怀爱的。那"竹马梢梢摇绿尾"很是精致，上面还坐了个"一双瞳人剪秋水"的小男孩，一摇一晃，想想都快醉了。熟识的女生们在很及时地生第二张小模样，镜中的我头发白了，没想到胡子也白了。整理整理写下的花鸟虫鱼、故物旧味，将最为心爱之物结集，取名《旧雨》。在窗边，我的身体已渐渐习惯躺椅的结构，一摇一晃，可以随时拿起来翻几页。